葛亮 著

梨与枣

江苏凤凰文艺出版社

图书在版编目（CIP）数据

梨与枣 / 葛亮著. -- 南京：江苏凤凰文艺出版社，2023.3（2023.5重印）
ISBN 978-7-5594-7078-2

Ⅰ.①梨… Ⅱ.①葛… Ⅲ.①散文集-中国-当代 Ⅳ.①I267

中国版本图书馆CIP数据核字（2022）第142857号

梨与枣

葛 亮 著

出 版 人	张在健
责任编辑	孙建兵　李　黎
责任印制	刘　巍
出版发行	江苏凤凰文艺出版社
	南京市中央路165号，邮编：210009
网　　址	http://www.jswenyi.com
印　　刷	苏州市越洋印刷有限公司
开　　本	787毫米×1092毫米 1/32
印　　张	7.625
字　　数	139千字
版　　次	2023年3月第1版
印　　次	2023年5月第2次印刷
书　　号	ISBN 978-7-5594-7078-2
定　　价	52.00元

江苏凤凰文艺版图书凡印刷、装订错误，可向出版社调换，联系电话025-83280257

一梨一枣，山水春秋，无限须弥。

自序

敬梨枣

这本书关乎阅读,大约也有关写作所见。

现在我们对于一本书的经验,或变得简单和便利,尤其作为阅读者,因近年的疫情,电商成了主要的购买平台。和书之间,形成一种虚拟的默契。购书的指标,依赖于网站的新书推送、封面和详情页。书到来时,有那么一个瞬间,你仍然被击打了一下。因为打开塑封,有一点清浅的气味,在手中氤氲开来。那是油墨和纸质混合的气息,关乎一个熟悉而陌生的词汇,书香。

数年前,写过一篇小说,叫《书匠》。写了一些爱书的人。他们有的读书,而有的修书。二者仿佛遥立在书的两端,却起自同一品格。这篇小说的开首,引了《颜氏家训·治家》中的一句,"借人典籍,皆需爱护,先有缺坏,就为补治,此亦士大夫百行之一也"。叫老董的修书匠,因为一本《杜诗镜铨》被做成了"金镶玉",叹息是做就了书的"绝户活儿"。这是将书当人来惜的。何故?因他知道,一本书出自作者之手不易,再经历了数百年留下来,更不易。修一本书,从溜口、闷水、倒页、钉纸捻、齐栏、修剪、锤平、下捻、上皮、打眼穿线得二十多道工序。纸寿千年,是留下了文字的功臣,是载体。

这是后人惜书的缘故。

制书的人，又谈何容易。古人出书，谓付之梨枣。梨木、枣木都是厚重质密的木头，为雕版刻书的上选材料。那一个个字刻上去，需花了很大的力气。如今的环保人士，说起粗滥无用之书，斥责浪费树木。古人说的更为触目，称为"梨枣之灾"。如此一来，写书与读书的人，大概都需心里有些敬畏。

到了当下，我们还是要爱书的。即使彼此间的关联，没有如此艰辛沉重。伴手所读，日月累积，仍有其意义。久了，有一些浅见与心得，又碰触了一些生活的机关，便也写下来。记录书，也记录某个人生阶段的自己。所涉的话题，也希望是日常可亲的，关乎饮食、艺术、城市、记忆。既然切口是生活，便不说什么堂皇道理。写到的书，作者类型不一。不仅有文学人，也有戏剧家、演员、建筑师、摄影师和瓷艺师。字里行间，皆读到对生活的郑重或举重若轻，也就懂得他们各自的珍视。自己下笔写他们，也变成一种对文字的反刍，不免也就更疼惜些。以自己的微，见他们的著。

作为一个读者，尊重写书的人；作为一个写者，也尊重读书的人。或许是这本书初衷的凝聚。谢谢你们。

裁云筑山，往复无际——王澍《造房子》　　043

第三章　东西引

亦中亦西，可口可乐——蒋彝《伦敦画记》　　046

姹紫嫣红，白驹上陌——白先勇《台北人》　　047

那么近，那么远——中川雅也《东京塔》　　053

此心安处，逃之夭夭——保罗·奥斯特『纽约三部曲』　　059

第四章　格物志

被收藏与被精简的时代——谷崎润一郎《阴翳礼赞》　　072

古来世居于此，将来亦永驻不动——三岛由纪夫《金阁寺》　　073

我们以气息辨认彼此——帕特里克·聚斯金德《香水》　　079

你真是个人云亦云的人——安伯托·艾柯《带着鲑鱼去旅行》　　085

　　090

目录

上阕

第一章 朵颐记

中国人的道理,都在这吃里头——《北鸢》小引　002

浇上一勺鱼香酱汁,就变成四川的了——扶霞·邓洛普《鱼翅与花椒》　003

味独沽,教授的私房菜——林文月《饮膳札记》　008

臭美臭美,皆大美——汪曾祺《故乡的美食》　015

第二章 谈艺录

琳琅有声,碰瓷得来——涂睿明《捡来的瓷器史》　021

一桌二椅,万水千山——柯军《说戏》　024

捕光捉影,不负旧日——何藩 Hong Kong Yesterday　025

五德始终,何不好色——陈鲁南《织色人史笺》　031

　036

　039

第七章 太虚境

不在梅边,在柳边——汤显祖《牡丹亭》 ... 154

你不必为了任何选择而追悔——布莱克·克劳奇《人生复本》 ... 155

无用之用,海市蜃楼——乔治·佩雷克《人生拼图版》 ... 167

南方的阿巴拉契亚——罗恩·拉什《炽焰燃烧》 ... 171

第八章 林下赋

黑水白山,停车莫问——钟晓阳《停车暂借问》 ... 177

黄昏入暗,一纸归命——黄碧云《微喜重行》 ... 180

莫不静好,其华灼灼——王安忆《桃之夭夭》 ... 181

可观一羽,同沾一味——周晓枫《有如候鸟》 ... 188

一生简短,笔若刀锋——弗兰纳里·奥康纳《好人难寻》 ... 196

... 201

... 206

下阕

第五章 少年游

二掌相击,何若孤手拍之——J.D. 塞林格《九故事》 099

他们都是时间中的孩子——伊恩·麦克尤恩《最初的爱情,最后的仪式》 105

迷宫如雾,及记忆的把手——帕特里克·莫迪亚诺《缓刑》 111

拥抱彩虹,向光而生——太宰治《斜阳》 117

导演是时日,演员是你——V.S. 奈保尔《米格尔街》 123

第六章 挽歌行

与君分袂,各自东西不回首——本哈德·施林克《朗读者》 127

尘封的作品,与人生的幽灵——斯蒂芬·茨威格《昨日之旅》 133

他们在一起纯洁地成长——杜鲁门·卡波特《蒂凡尼的早餐》 141

我只不过是一个过了时的歌手——石黑一雄《小夜曲》 147

他已对时间几乎失去感觉——亚历山德罗·巴里科《绢》 151

上阕

第一章 朵颐记

中国人的道理，都在这吃里头——《北鸢》小引

中国人有咏物言志的传统，又持有家国之念，对食物的关注往往成为重要的窥口。老子曰："治大国若烹小鲜。"说的是国策方略，也是火候的拿捏得宜。庙堂毕竟复杂，失意于此，往往退而求其次，以"吃"入文，算是一种心理补偿。写得越精彩，失意愈甚。历朝历代，自有书单可作辅证。孟元老的《东京梦华录》、张潮的《幽梦影》、张岱的《陶庵梦忆》、李渔的《闲情偶寄》等等。而袁枚的《随园食单》，则见旷达之相，自觉荡开仕宦"正途"。造园谱曲外，将饮食作为人生态度的一端。

《北鸢》里写了一些饮食的场景。它们的存在，对笔者而言，是一些意外。每每出现在人物命运的节点，又似乎是百川归海。

其实中国人对吃讲究，是素来的。说与乱治无关，又不全对。小说中第一次出现谈"吃"的场景，是民国十一年豫鲁大旱，百年不遇的"贱年"。两地灾民南下，安置于齐燕两处会馆。富庶商贾设棚赈灾。主人公文笙父亲卢家睦经营的"德生长"，以"炉面"发放，就此与城中的清隐画师吴清舫先生结段缘，成就襄城丹青私学。"炉面"为鲁地乡食，做法却甚为讲究，"五花肉裁切成丁，红烧至八分烂，以豇豆、

芸豆与生豆芽烧熟拌匀。将水面蒸熟，与炉料拌在一起，放铁锅里在炉上转烤，直到肉汁渗入至面条尽数吸收"。以此赈灾，果腹为其一，解流离乡民背井之苦为其二。内里却是有关中国人仁义的辩证。人自有困厄之时，商绅周济以乡里美食，是德行，亦是不忘其本。所谓礼俗社会，讲求血缘与地缘的合一，从而令"差序格局"出现。作为籍贯山东的外来者，卢家睦在襄城这个封闭的小城，缺乏所谓"推己及人"的血缘依持。所以，选择投身商贾，也是必由之路。费孝通先生在《乡土中国》说得十分清楚，商业活动奉行的是"理性"原则，而血缘社会中奉行的是"人情"原则，两者相抵触，因此，血缘社会抑制商业活动的开展。而这也正是家睦得以"客边"身份成为成功商人的前提（血缘与地缘）。但是，费先生同时也指出，籍贯是"血缘的空间投影"。其与"差序格局"中的"伦"相关，所以，便不难理解家睦对于鲁地乡民的善举，实质是出于对"血缘"念兹在兹的块垒。而家乡的食物"炉面"则成为最直接的"仁义"表达，这一点，恰为同属文化"边缘人"的吴清舫所重视并引为知己。

所谓微言大义，饮食又可为一端。文笙随卢氏一族跑反归来，在圣保罗医院里越冬避难。医院里的外籍医生叶师娘，邀请他们在自己房间里向火。因为火里的几颗烤栗子，众人有了食物的联想。相谈入港，几成盛宴,之丰之真如VR之感。可及至后来,发现不过画饼充饥。但美国老太太叶师娘,就有了结论说"中国人对吃的研究,太精也太刁"。文笙的母亲便回她,老子讲"治大国若烹小鲜",中国人的那点子道理,都在这吃里头了。接着,才是重点,她说的是中国人在饮食上善待"意外"的态度。她从安徽的毛豆腐说起,然后是臭鳜鱼,杭州的臭苋菜、豆腐乳,益阳的松花蛋,镇江的肴肉,全都是非正常的造化。说白了都是变质食品,可中国人吃了还大快朵颐。所以,说国人中庸无为,其实不然。中国人是很好奇勇敢的动物,不然鲁迅也想不出"乌鸦炸酱面"这样惊艳的食谱。再往细里数,有"三吱儿"等物,怕是连什么都敢往肚子里吞的探险家贝尔,都要甘拜下风。

昭如说的,其实是中国人的包容,"常"可吃,"变"也可食。有容乃大,食欲则刚,也是对人生和时代的和解。中国人重视传统,但亦不慢待变革。沈从文先生在《长河·题记》谈及现代性,并不一味视为"进步",而称其必然要在中国语境进行检验。此言不差。民国时代动荡不居,社会格局变更,造就了个人境遇伸发的可能性。帝制推翻,1905年科举废除,"学而优则仕"的道路被仓促中断。知识分子阶层出现了一系列分化。这分化亦宛如食物的变化与造化,出其不意,不拘一格。《北鸢》中的画师吴清舫,有清隐之誉,但在二次革命后，设帐教学，广纳寒士。这某种意义上担当了公共知识分子之责。另一类是毛克俞，其因青年时代的人生遭遇，尤其体会叔父在一系列政治选择后落幕的惨淡晚景，就此与政治之间产生疏离。其最重要的作品在二十世纪四十年代完成，避居鹤山坪，埋头著述，在学院中终生保持艺术家的纯粹。此外在第二章，写到孟养辉这个人物，原型是天津的实业家孟养轩，经营著名的绸庄"谦祥益"。孟养辉的姑母昭德，不屑其作为亚圣孟子的后代投身商贾，他便回应说，依顾宁人所言，所谓"博学于文，行己有耻"，如有诗礼的主心骨，做什么都有所依持。因家国之变，选择实业，所谓远可兼济，近可独善。中国文化格局三分天下。"庙堂"代表国家一统，"广场"指示知识阶层，而后是"民间"。民间一如小说之源，犹似田稗，不涉大雅，却生命力旺盛。以食物喻时代，也是由平民立场看历史兴颓，林林总总，万法归宗于民间。

到文笙成人了，在杭州遇到了故旧毛克俞。克俞在西泠印社附近开了家菜馆，叫"苏舍"。毛先生的原型是我祖父，艺术史学者，本人不涉庖厨。为让他的性情不至如此清绝，这一场景是我虚构的。不过，写到"苏舍"里菜单开首写着苏子瞻的句：未成小隐聊中隐，可得长闲胜暂闲。倒很像是他的自喻。但这馆子的菜，既非徽菜，也非杭帮菜，而是两者的合璧。"云雾藕"脱胎于徽菜"云雾肉"，"乾隆鱼头"原是杭菜中的"皇饭儿"，用料却是安徽的毛豆腐。其他的青梅虾仁、雪冬炖鸭煲等，便都是两大菜系联袂的改良版。老实说，这些菜式皆出于笔者的创造，并非一一实践过。但想必都是好吃的。写的是佳肴，想要说的仍是中国人"调和鼎鼐"的功夫。在大时代里，没有一点坦然应对常变之心，是会活得艰难的。故而，书中开胃的"西湖莼菜汤"，原是一道素汤，也便加入了开洋与火腿，命为"中和莼菜汤"，做了这时世的象征。

《北鸢》写饮食，归根结底还是在写人心的虚渺，权力的制衡，亦以民间辐射庙堂。女主人公仁桢的大姐仁涓，嫁到了簪缨世族叶家，心中无底，听了老姨奶奶的主意，月子里开了十八吊老母鸡汤的方子食补，磨折下人，只为了做足娘家的"排场"；石玉璞和旧部柳珍年在寿宴上见了面，柳是来者不善，话不多说，却拿席上的辽参做起了文章，说石玉璞跑大连上等海参吃得太多，未免胀气，暗讽他与日本势力的瓜葛。仁桢要劝说名伶言秋凰行刺和田中佐，约在老字号的点心铺"永禄记"，又是一场心潮暗涌。这糕点铺开了一百多年，应了物是人非，其变迁也正是襄城历史的藏匿。

《礼记》中说，食色都是人之大欲。千百年来，后者被压抑得厉害，前者则成了中国人得以放纵的一个缺口。然而久远了，也竟自成谱系，多了许多的因由。姑母昭德将英国人舶来所赠，给文笙吃，说，这外国糖块儿，叫朱古力，先苦后甜，是教咱哥儿做人的道理。

浇上一勺鱼香酱汁，就变成四川的了
　　　　　　　　——扶霞·邓洛普《鱼翅与花椒》

> 一个打鱼的带着一船的鸬鹚，在浑浊的江水中试手气。他的鸟儿们扑闪着大大的黑色翅膀，脖子上都套着环，逮到的鱼要是太大，吞不进喉囊，就吐给打鱼的。打鱼的扔进鱼篓，换一条小鱼喂给鸬鹚，我目不转睛地看着眼前的一幕，被深深吸引了。我在成都的日常生活，充满了这些迷人的小剧场。

这段文字似曾相识，或许是因为提到了鱼鹰。十六世纪的桂林，一个葡萄牙人也曾坐在漓江边上，凝望鱼鹰飞翔劳作。船员盖略特·伯来拉经历了命运的多舛，这是他眼中"陌生而熟悉的中国"。四百年后，叫作扶霞的英国女孩，看着类似的风景，进入了这个国家的日常。

她所体验的中国生活，没有她的欧洲前辈如此沉重迷惘。相反，每一日都氤氲着食物的浓烈香味。又过了若干年，她将这些记忆写成了一本书，《鱼翅与花椒》（*Shark's Fin and Sichuan Pepper*）。扶霞是个美食作家，这样的介绍似乎太官方。那么，可借用这本书中文译者雨珈的说法，亲切地称她为"吃货"。这是恰到好处的名片，助她勇敢地游刃于中西错落。

一九九二年，扶霞申请到了英国文化委员会的奖学金，来中国成都完成她的少数民族研究计划。然而她真正的理想，却是成为一个川菜厨师。"我就是一个厨子。只有在厨房里切菜、揉面或给汤调味时，我才能感受到完整的自我。"她乐此不疲地投入学习，也的确成功了。刚来的时候，她不通语言，带着一点对异乡食物的恐惧与好奇，进入这个国家饮食文化的隐秘处。这本书的英文版，副标题是"一个英国女孩在中国的美食历险"，因此不奇怪在她的文字中，屡屡出现马可·波罗的名字。从一开始面对一只皮蛋的作难，到尝试一切在自己经验之外"可疑的"食物，肥肠脑花兔脑壳，以及北京街头吃咕咕作响气味奇异的卤煮，甚而挑战自己对于"杀生"的观念，感受着让西方人叹为观止的"日常的残酷"。当完成这本书时，扶霞已在中国生活了十四年，可以做地道的毛血旺和麻婆豆腐，也早已突破有关禁忌的饮食成见。其中自然并非一帆风顺。或许，有关饮食的态度以言简意赅的方式，穿透了一切修饰与客套，才造就了文化的狭路相逢。

由此，我想起了与自己相关的往事。那时还在读本科，我所在的大学和美国一所高校有学生交换计划。为了帮助这些留学生熟悉当地文化，融入社会环境，大学甄选了一批中国学生与他们一起居住生活，造就宾至如归的佳话。我是其中之一。我的两个室友分别来自美国和哥伦比亚。杰克是个不会说中文的华裔,而马修则是可以说流利汉语的金发学霸。期末时,两个男孩应邀到我家里吃饭。我的父母为此做了精心准备。他们都是实在而良善的知识分子,将这一餐以外交晚宴的规格在规划,原则是典型的"食不厌精"。能想到的关于南京的任何美食,都在备选菜单上。我的两个朋友如约而至。由于语言的问题,杰克更多是孩子气的傻笑,而马修则得体地向我的父母问候。他似乎和我的父亲很投契,落座以前,已经在讨论李商隐的诗歌。入席后,盐水鸭、狮子头、炖生敲、腌笃鲜次第而上,令他们目不暇给。杰克只管大快朵颐,而马修则谦虚地询问这些菜的典故。当"美人肝"上来,母亲有些兴奋地告诉他们,自己是第一次做这道菜。这是许多名人很喜欢的名菜,但很难做。因为原料稀有,是鸭子的胰脏。一鸭一胰,做一盘要几十只鸭子。说完忙着给他们夹菜。杰克跷着大拇指,直呼好吃。马修却在犹豫间放下了筷子,面露难色。他说,阿姨,对不起,我不吃内脏。

这是稍显尴尬的一幕,虽然只是一个插曲,最终宾主尽欢。但他们走后,母亲说:"杰克这孩子真是刷瓜(南京话:爽快),我很喜欢。马修不怎么样,比较夹生。"武断而朴素的评价,来自一个教授。即使是中国的知识分子，仍会将对自己厨艺的看重，当作是尊重的来源。但其实我有些替马修委屈。他对食物的审慎来自家教。虽然用餐礼仪并未拘束他，但影响了他对美味的接受与表达。事实上，在前一天晚上，他还在向我请教筷子的正确用法。而杰克的好食欲，使得他赢得普遍的好感。母亲甚至应允了饱餐后再为他炸一盘薯条的要求。可见，对食物直接而鲁莽的爱，足以简单粗暴地俘获对方。这个故事，被我写进了小说《威廉》。我和这两个朋友都保持着很好的友谊。但他们以后的道路如此不同，对食物的性情有如谶语，各自命定。

扶霞对中国的态度类似杰克，甚至在情感上，已不只入乡随俗，而是深入肌理。她在伦敦的厨房是中式的。几年前重新装修，她向设计师提的第一个要求就是炉子上必须能放灶王爷。而她所惯用的，并非父母送的一整套法国厨具，而是在成都两三英镑买的一把菜刀，用了很多年。"一定的，我觉得是最好的刀。"但这也多少影响到了她的文化认同。"我完全沉浸在中国的生活当中，很少和家乡联系，连家人都没怎么理。我原本流利的英语退化了，因为长久以来对话的那些人英语都只是第二语言，而我已经习惯了。"扶霞熟练地操着一口川普，偶尔还夹杂着一点意大利语和法语。脚蹬军绿解放靴，晃晃悠悠地走在成都的冬阳之下，并未意识到自己的身份认同出现某种潜移默化的改变，甚至思维方式，更加像一个"真正的中国人"。

因此看扶霞的书，你不会觉得她谈论中国的饮食，带着我们所熟悉的东方主义语调，反而更多是一种"自己人的眼光"。相对马可·波罗，我更认可她德国同学的评价"你是我们外国留学生的司马迁"。她以独有的方式，为中国饮食文化作出编年。谈起中国的美食历史，她如数家珍，最喜欢的中国厨师除了伊尹和易牙，便是袁枚的私厨王小余。在书中信手引用《随园食单》《庖丁解牛》《吕氏春秋》。到清溪镇找花椒，她想到是《诗经》和汉代的椒房。这种掉书袋的方式，有着中国式的蕴积美好，即使有时欠缺自然，但不会令人不适。然而她对于食色隐喻的表达，仍有着西方的大胆直接。她称川菜的"画味之道"是"一点点挑逗你，曲径通幽，去往极乐之旅""用适量的红油唤醒你的味蕾，再用麻酥酥的花椒调动你的唇舌，辣辣的甜味是对味觉的爱抚亲吻，干炒的辣椒也在对你放电，酸辣味又使你得到安抚……真是过山车般的惊险刺激的体验"。

"我觉得这实际上是必然的过程。你去一个国家，第一个感觉是爱情，很理想化。这个地方很漂亮，什么都很完美，时间长了，你更深入了这个社会的文化，了解不单有好的，也有坏的，就没有以前那么浪漫了。"你会欣赏她文字中温和的批判态度，这或许也是我们共同面临的中国现实。其生也晚,她无从得见傅崇矩在《成都通览》里,写下二十世纪初成都街巷生机勃勃的喧嚷盛景。那时的钟水饺、赖汤圆和夫妻肺片,都是随处可见沿街叫卖的小吃,但她却亲眼见证了新世纪以来中国的"常与变"。她写到了一个和她相熟的面馆老板,以独家配方的"担担面"著称。"二〇〇一年,我最后一次去他的面店,情况才有了点变化。当时政府大刀阔斧地拆掉成都老城,让交织的宽阔大道和钢筋水泥的高楼大厦取而代之。一声令下,成都的大片建筑被拆得干干净净,不仅是那些老旧的危房,还有川剧戏院和宽阔的院落住宅、著名的餐馆茶馆和那些洒满梧桐绿荫的道路。"这段落让我感同身受。在我所生活的城市,曾有熟悉的街区。那里被宣布为市区重建的范畴。随着大面积的拆迁,这一区的生态被彻底改变。印象深刻的街区地标,次第凋零。老式戏院、坐落在里巷深处的香港最后一间赛鸽店,都将从岁月的版图上消失。街坊社会的格局被瓦解,首当其冲的是那些老字号食肆。停留在舌尖的集体回忆,是当地人在意的。有一间"合兴粉面",已经三十多年历史。从当年的档头生意发展到街知巷闻,终敌不过重建大潮的清洗。关闭前最后一日,前来帮衬的街坊与食客,竟在门口排起长龙。年轻人拍了视频,自发放在Facebook和Twitter上,为拯救其而鼓呼。被迫搬迁至逼仄巷弄的老字号,居然因此重焕生机。新与旧间,出现奇妙的辩证,令人长叹唏嘘。

"食物是在前面的,食物背后永远有人。"《舌尖上的中国》总导演陈晓卿如是说。这或可概括我对这本书的感受。"举箸思吾蜀"说的是乡情的胶着,但更多是有关食物的莽莽可观的人事。言未尽而意已达,是我们普遍接受的中国式含蓄。但是对于川菜与四川人的开放与直率,似乎不太够劲儿。我更喜欢扶霞的表达,"他们不用担心和外部世界的联系会剥夺自我的身份认同"。因为"面对外面的世界,浇上一勺鱼香酱汁,就变成四川的了"。

一味独沽，教授的私房菜——林文月《饮膳札记》

周作人在《北京的茶食》里写："我们于日用必需的东西以外，必须还有一点无用的游戏与享乐，生活才觉得有意思。我们看夕阳，看秋河，看花，听雨，闻香，喝不求解渴的酒，吃不求饱的点心，都是生活上必要的。虽然是无用的装点，而且是愈精练愈好。"这是要和"有用"分庭抗礼，是他所谓"生活之艺术"的总旨趣，要"微妙而美地活着"。舒芜评价说"知堂好谈吃，但不是山珍海味，名庖异馔，而是极普通的瓜果蔬菜，地方小吃，津津有味之中，自有质朴淡雅之致"。原本他的故乡绍兴并非出产传统美食之地，荠菜、罗汉豆、霉苋菜梗、臭豆腐、盐渍鱼，皆非名贵之物。虽是谈吃，意在雕琢习俗仪典，民间野谚等大"无用"之物。食材越是平朴，越是无用之用的好底里。锺叔河在《知堂谈吃》序言中说："谈吃也好，听谈吃也好，重要的并不在吃，而在于谈吃亦即对待现实之生活的那种气质和风度。"可见谈吃，可以之为大事，亦可为小情。

《饮膳札记》算是典型的大家小作。"小"言其轻盈，亦言其入微。台湾作家善写饮食，各具擅场。舒国治绘美食地图，焦桐写馔饭掌故。我爱读林文月，除了其躬亲于食谱程序，巨细靡遗，还在其背后的人情与人事。

林文月是台湾文坛独沽一味的女性学者作家。学问自不必说，在论述、散文、翻译方面均有建树。《源氏物语》公认的最好译本，出自她手，至今未出其右者。盛名又在逸事，现今已入耄耋。当年台大校花的美名，仍传扬如佳话。或许美人在骨，令人念念不忘。"那一年，整个学校的男生，都跑去看林文月。"回忆其少时风姿的，除了李欧梵教授等学弟学长外，竟还有李敖。李大师言林氏之美，虽为彰显前妻胡因梦的魅力。不同于一贯狂狷，话语中对林文月的看重，平添了一分爱敬。

有这样的家世，林文月的文字，并无飘忽自负之意。相反，平朴谦和得令人感叹。即便优雅，也是日常的优雅。十分推崇她的陈平原教授，记一次宴请。听几位台大同人说起"女教授"的艰难，林先生便说，"我实在不佩服现在那些只知道写论文，从不敢进厨房的女教授"。这话在女性主义大行其道的学界，是有些危险的。但林先生身体力行，甚而在其年轻时写下《讲台上和厨房里》，称说，一个女性教员和家庭主妇有甘有苦，实在也是应该。

平原教授说他最怕遇到"学者型作家"，因其思路清晰，话也说得透彻，轮到评论家上场，几乎"题无剩义"。林先生文章的好，或许正是在治学的高屋建瓴之外，多了些女性于家居生活的体恤与现实，体会中馈之事里"人生更具体实在的一面"。也是主妇特有的琐细，使得她的文字有温柔着陆的韵趣。暖意氤氲，带来令人回味的空间。这一则因其记述过往，并不维护强韧与完美的轮廓。"楔子"里，说到蜜月归来，自己煮第一餐饭的失败甚而狼狈，生火被烟雾熏出了眼泪。"男主人准时回家时所见到不是温暖的晚餐，却是一个流泪的妻子。"二则文中时而写一己特有的任性，无伤大雅，反有一种让人亲近的颟顸。写"台湾肉粽"说到少女时期长辈的碎碎念，"女孩子要会蒸糕、包粽子，才能嫁人"。因为厌烦长辈的絮叨，以及对婚嫁事理的懵懂，以致对这些食物产生抗拒，不免"掩耳每不喜"。因此，这书中的林先生，并不是长于庖厨的大师。因其不仅每每向生活示弱，倒更像错落于柴米油盐的煮妇。这便多了许多烟火气，看她烧菜，娓娓道来自己的厨房经验，竟好像也在看一个邻家姑姐，与我们同声共鏊地成长。可见三分敬，七分亲。

　　因此，你在这些文字中，读不到微言大义。一切出于朴素、随性及自然。"我于烹饪，从未正式学习过，往往是道听途说，或与人交换心得，甚而自我摸索；从非正式的琢磨中获得经验与乐趣。有时，一道用心调制的菜肴能够赢得家人或友辈赞赏，便也甚感欣然安慰。"

由读者的角度，这份素人心态，格外动人。因其有旁逸之趣，也有一分不袭窠臼的自我。笔者看来，林先生做菜的方式，颇像中国小说的渊源。昔日的"稗说"，未如诗居庙堂之高。因其无所规矩，却获得在民间肆意生长的命途与美感。在她笔下，读到的与其说是"厨艺"，毋宁说更多是"厨意"。佳肴固然可观，但以此为媒，也是为了食者佳聚。"宴客之目的，其实往往在于饮膳间的许多细琐记忆当中，岁月流逝，人事已非，有一些往事却弥久而温馨，令我难以忘怀。"

《饮膳札记》是四两拨千斤的精致食谱，也是集作者交游大成。有幸成为林氏家宴座上客的，多半是师友。和林先生一同共乘白驹，尘埃落定后，皆是声名赫赫的人物。在其文字中出现最多的，大约是其恩师台静农教授，言行投足，几乎是半个家长。林先生有小机趣，"为了避免重复以同样的菜式款待同样的客人，不记得是何时起始，我有卡片记录每回宴请的日期、菜单以及客人的名字。这样做的好处在于一方面避免让客人每次吃到相同的菜肴；另一方面可以从旧菜单中得到新灵感"。难怪被她宴请过的学生叹道"老师做菜和做学问一样"。

这话算是说对了一半，治学严谨，但不可拘囿。林先生写过一道极其家常的吃食"炒米粉"。普通则普通，但做得好并不很容易。朋友吃过她的炒米粉，常惊为天人，依次来讨教秘方。林先生便耐心写了从选料至烹制的全过程。备料的部分,胡萝卜高丽菜,香菇与虾米。先生写酌量,大约所用虾米是"一大把"。说完了,自己也感叹,"记述材料多寡,乃至切割操作诸端,只是供作参考而已,中国人对于饮膳之处理,其实相当融通随性""往往随心所欲不逾矩"。她便也写在京都游学,遇到大阪的朋友向她学炒米粉。这个日本友人看她切葱便虚心请教"切几厘米长",加酱油须"多少汤匙"。林先生信口说了,见友人在黑板上写下"葱(3cm),酱油(1.5汤匙)",既"有些心虚,也有些好笑"。关于这一点,笔者居然有些感同身受。家母同为教授,因为专业是工程数学,对烹饪,便有些精确至于犯难的心态。比如她在菜谱上,最怕见到的便是"少许"二字。遇到简直不知所措,将集聚的自信心全折损了。后来,我在小说《不见》中便以她老人家为原型,写了一个退休的学者。好在有主人公循循善诱说,"中国就算入诗的数字,大多也是个虚指。比如'一片孤城万仞山''白发三千丈',您老不用太过认真"。

大约在林先生笔下,可看到其中举重若轻。她既写"潮州鱼翅""红烧蹄参""佛跳墙"等功夫菜,更多则是如"香酥鸭""清炒虾仁""椒盐里脊"等家中日常膳食。因此,常可看到她对待菜肴的细致讲究,却又时有些信马由缰。比如"口蘑汤"一文,洋洋洒洒记述了孔德成先生教她的孔府高汤。但到自己下厨，删繁就简，用市面所卖"Campbell's"牌的清鸡汤便可代之。而对口蘑中甚难去除的砂石，则似颇认同许师母，即许世瑛教授的太太所授，"那口蘑里头的沙子儿啊，洗不清的，也只好吃下去，反正是家乡的沙土嘛"。听来不禁令人莞尔，简直有些佛系了。

林先生写的菜肴，即便膏腴，也非异馔。看她写食物，实际都是和三餐相关的回忆。记鱼翅写的是与老父最后一餐年夜饭；香酥鸭则是在家中帮佣二十余年的阿婆邱锦妹；扣三丝汤写的是令夫君豫伦难忘的城隍庙小吃，她凭了后者的描述做了出来，方发觉竟无知觉间抵达了稚龄即离开的上海。未老莫还乡，还乡须断肠。近乡情方怯。这份远遥相思，只停留在味觉，缠绕于舌尖，或许才是最好的归宿了罢。

臭美臭美，皆大美——汪曾祺《故乡的美食》

一次来京，与众好友去吃南京家乡菜。饭店的主厨是地道江苏人，做菜别具风味。有原汁原味的大狮子头，也有入乡随俗带着腊味的盐水鸭。吃到酣畅处，桌上的人都开始说自己的老家里饮食的美好。从文昌鸡说到黄腊丁。这时忽然上来了一道菜，臭味氤氲。在我们南京人闻起来，却是齿颊流涎。是"蒸双臭"上来了。

"蒸双臭"在江南，有诸多版本。杭州是臭豆腐与臭苋菜梗混蒸，谓之经典。南京的更生猛些，是臭豆腐与肥肠同锅。要将臭味变本加厉，臭豆腐一向是主力。在中国，这是禁而未禁的口味大宗。热爱的趋之若鹜，不爱的闻之丧胆。每地的做法各有千秋。南京的臭豆腐是灰白色的圆形，用草木灰腌制。臭得比较中正，蒸煮煎炸皆宜。除了臭豆腐。中国以变质为尚的美食，还有臭鳜鱼、臭腐乳、臭鸭蛋等等。算是手到擒来，百无禁忌，"面筋、百叶皆可臭。蔬菜里莴苣、冬瓜、豇豆即可臭。冬笋的老根咬不动，切下来随手就扔进臭坛子里。"国外则有意大利人视为珍馐的卡苏马苏（formaggio marcio）和瑞典人的鲱鱼罐头。前者因为太臭已经被欧盟禁止了，也是阿弥陀佛。不过的确，对这类美食，见仁见智。我的口味不算轻，但对老北京的两道传统美食，总未坦然消受，便是豆汁儿和卤煮。

　　说了这么多，其实是因一本书有感而发，汪曾祺先生的《故乡的美食》。汪老是中国文学圈里有名的吃家，吃得好也写得好。他专为豆汁儿写过一篇文章辩护，也是可爱之极。"没有喝过豆汁儿，不算到过北京。"这么说，横竖我算是到过了。要说饮食观，汪老是有些小任性。任自己的性，也任别人的。"有些东西，自己尽可以不吃，但不要反对旁人吃。不要以为自己不吃的东西，谁吃，就是岂有此理。比如广东人吃蛇，吃龙虱；傣族人爱吃苦肠，即牛肠里没有完全消化的粪汁，蘸肉吃。这在广东人，傣族人，是没有什么奇怪的。他们爱吃，你管得着吗？"

　　所谓南甜北咸东辣西酸，一方水土一方人。贵州视折耳根为人间至味，浙江人吃呛虾醉蟹，江阴人拼死吃河豚，搭上了豪气跟性命，都是吃的一个任性。汪老力挺"切脍"传统，认为东西多可生吃，精华是"存其本味"。广东人在这方面做得极好极妙。生食之美，无一定之规。这一桌子朋友，都算是走南闯北，见过世面的。说起来都很豪爽，吃过烤蝎子，炸豆虫，水蟑螂。问起南京人的胆量，我们轻描淡写地说，你吃过"活珠子"吗？详述一番，对方已面色煞白，甘拜下风。说白了，就是未孵化的小鸡。孵了半个多月，已五脏俱全。金陵人嗜之无分男女老少。冬天,在南京街头,经常看见时髦女郎,站在炖锅摊档边。捧着一只活珠子,磕开了,蘸上椒盐,樱唇轻启,猛然一吸。滚热的汤汁入肚,满足七情上面,真真是一道风景。

不过呢,说起来,大小食物的禁忌,因地因人。凡事有度。不是个个都如贝叔饕餮生猛,安食朵颐。中国有几道禁菜,我亦闻之恐怖,其一是"三吱儿",刚出生的小老鼠,用蜂蜜喂了几日后,用酱料蘸食。其二是活猴脑,木槌敲开猴子脑壳,以滚油浇入趁热舀食。这实在是逾越了美馔取食之道了。

南来北往,还是臭豆腐最好。爱的人和不爱的平分秋色,不分妇孺。汪老在书中写,长沙火宫殿的臭豆腐因为某大人物年轻时常吃而闻名。大人物故地重游,"文革"期间火宫殿影壁上便出现两行大字:"最高指示:火宫殿的臭豆腐还是好吃。"

第二章 谈艺录

琳琅有声，碰瓷得来——涂睿明《捡来的瓷器史》

年幼时，有一次关于瓷器不甚愉快的记忆。农历新年的家庭聚会中，我和访客家的小孩子，在玩闹中打破一只水仙盆。素来温和的外公，出其不意地动了怒。后来知道，那是一只嘉靖青花，产自景德镇。"文革"时期，被外婆深埋在花园里，才得以完存。它重见天日不到十年，终于粉身碎骨。我已忘了那只水仙盆的形状与图案，但仍然记得落在地上，是满地晶莹而颓唐的瓷片。

令我回忆起这段往事的，是《捡来的瓷器史》。碎裂的意义，因其不再完整，便不够堂皇，为其憾。然而，也因是局部，管中窥豹，终得观其盛。一个"捡"字，由字面已可见拾遗的意思。这本书的结构，以"瓷片"作眼，一章一枚，不贪其大，而聚焦于"瓷器史的重要瞬间"。

或者说，这是一个有关于瓷器的故事。故者，旧也。有岁月洗礼，也有戏剧性的起承转合。中国的瓷器，与香料一般，曾是中西外交史上的重彩。China与china的掌故，令我们对其中的政治与文化迷思念兹在兹。这本书自然屡次写到瓷器与历代皇室之间的关联，纵横中西，甚而以"皇帝的酒杯""皇帝的品味""皇帝的婚礼"作为章节名，然而，我很喜欢书中的一句话，"审美的趣味在一件件官窑瓷器中清晰地呈现。不过皇帝们以为自己在指挥一场演出,而历史把他们当成了演员"。所有权力与自信,在时间的冥冥而视中,皆显得微渺。艺术的成长有其定数,也有气运。我所感兴趣的,恰是若隐若现的"瞬间"史观。在漫长而笃定的瓷器史上,那一次次的"意外"。

意外,在工艺上体现为无意为之的嬗变。就宋瓷而言,如钧窑之"窑变"与哥窑之"开片"。前者初如无端涅槃,可遇而不可求,其中的辩证,在于"窑工们却要努力将无迹可循的变化,转化为可控的技术"。成为"失控"之美至"可控"之艺的范例。而后者网纹一般的釉面裂缝,本是工艺上的瑕疵,然,宋徽宗却于其中体会到"裁剪并绡,轻叠数重"的动人。出窑后,一次次细声釉裂,可持续月余至数年不绝,被称为"惊釉"。一个"惊"字,道尽可待而不可期之珍。至于永宣青花,蓝色在胎体上不可控制的晕散,以及青花料"苏麻离青"中氧化钴所含杂质造成局部色调中的不均匀,却带来中国画一般的丰富层次与写意效果。无心插柳,妙如天成。另有一例,是"豇豆红",它本是在烧制郎红时"失败"的问题产物。因为铜红釉还原氛围不足而呈现绿色,却在红绿相间中幻化出夺人之美。为后世倾心,冠以"美人醉""桃片红"等美名,乃至竞相模仿。吊诡的是,尽管对"豇豆红"之迷恋诞生了一系列的可控工艺,如"吹釉",但一窑能否烧出最美的成品,依然取决于"意外"与运气。

瓷器发展的精彩,一部分也体现为其步履艰辛。在技术上的苛求与精谨,与其辉煌如一体两面。万历年间,一次烧制龙缸的风险,终于带来巨大压力而导致景德镇窑工的民变。一个叫童宾的窑工愤而跳入窑内。这一壮举,令人不禁想起"干将""莫邪"舍身成剑的典故。现实中,他的壮举点燃了工友们的怒火,赶走督陶官,甚至捣毁了御窑厂。然而,这场对抗皇权如起义一般的工潮,并未受到残酷镇压,而得到了颇意外的处理方式。自焚的窑工童宾被皇帝亲自追封为"窑神"。虽然龙缸并未因为童宾的投窑而如神话般烧制成功,但是这次来自皇室的危机公关,却出其不意地将政治的跌宕,化为瓷器史上的一则传奇。

皇室依赖于景德镇,并不代表自身一无贡献。珐琅彩的诞生,便是紫禁城内的一次创新。它初始于康熙对于西洋彩绘的兴趣,但事实上,其难度却超过预期,以致这项宫廷实验经年方成,并终结了青花瓷一统江湖的局面。熟悉瓷器的朋友,不会陌生于"大雅斋"的款识,这来自咸丰皇帝的手书,也是慈禧在"天地一家春"西间的私人画室。大雅斋瓷作为宫廷著名的"设计师款",为慈禧艺术天分的明证。其一是体量,整体化与系列化设计,为其在官窑瓷器中脱颖而出打下基础。

其二是风格化，慈禧很善于博采众长，大雅斋的瓷器，在细节上总感到其来有自，但又有强烈的创意，如对配色运用的大胆，西太后堪称是"撞色"设计的高手。

说起瓷器在皇室与民间的流转，《神宗实录》写道："神宗时尚食，御前有成杯一双，值钱十万。"是指成化斗彩鸡缸杯。这杯子和香港颇有缘分，晚近的一次轰动是四年前，苏富比拍卖会上，刘益谦以2.8亿拍得一只，创了中国瓷器的拍卖纪录，旋即用它喝了杯普洱。这举动令一位叫仇浩然的香港藏家颇为不齿。而仇浩然的爷爷，即当年名闻海上的大古董商仇焱之。奇妙之处是，这只杯子据闻乃仇焱之的旧藏，1949年以一千元在香港打造了"捡漏"神话，其后辗转于其他大藏家包括坂本五郎、Eskenazi、玫茵堂等之手。最后落在土豪手中，被仇浩然视为明珠暗投，却也无可奈何。既是珍品，自然历代仿者甚众，康熙乾隆年尤甚。成化斗彩海藻三鱼杯之类的出现，更是扑朔迷离。我大感兴趣的，却是鸡缸杯在香港民间引起的别样影响。这则拍卖盛事，让香港人日常使用的鸡公碗顺势大红。甚而，有人不厌其烦地考证两者之间的渊源。因其与鸡缸杯太过神似。这自然是个笑话，鸡公碗又叫"鸡角碗"，流行于岭南乡野已久。若不熟悉，大可以多看看周星驰的电影。这碗时而出没其间，更是TVB重要的道具。

谈到民间的碗，自然都是集体回忆。香港的"鸡公"，对仗工整的，自然是内地的蓝边白瓷大碗。瓷不是上好，可每家都有这么一两只。冬天盛过八宝粥，夏日装过酸梅汤。如今静静地摞在碗橱里，有些不用了，已落了尘。这些碗，像是家常温润的老人家。不是为了居家的排场，倒像是时光堆叠的自然印痕。不完美，可是都舍不得丢弃。如斯器物的意义，自然是用于怀旧。这就是那个时代的中国，具体而微。那蓝边，也是如此典型的东方符号了。然而，事实上，此碗的流行却恰非中国原创，出自舶来。在1920年出版的《景德镇陶业纪事》中，有这样一段文字："人民喜购外瓷货，如中狂迷，即如瓷器一宗，凡京、津、沪、汉以及各繁盛商埠，无不为东洋瓷之尾闾，如蓝边式之餐具杯盘及桶杯式之茶盏，自茶楼、酒馆以及社会交际场所，几非此不美观，以至穷乡僻壤、贩卖小商，无不陈列灿烂之舶来品瓷，可知其普及已至日常用品。"作为瓷器大国，民间的流行，竟是洋风中渐，几乎成为时尚甚而担当时代记忆，也是一种光景。景德镇迫于市场民意，在近代的"山寨"行为，影响因此而深远。在二十世纪的三十年代，中国首次出现了瓷贸易逆差，也是令人扼腕的事实。

正是这些对不期然的关注，成就见微知著的意义。谈起瓷之所大，与中外交流之功，也令读者会心于出其不意。其一当然是日本，日瓷之盛，有田烧可为一例，据闻其深深影响了德国"迈森瓷器"的创制。除了形制华丽的金襕手，我手上的一两件碗盏，则简白细腻，可见其瓷色曼妙，盖因站在中国的巨人肩膀上。这书中提及日本人小森忍，遍仿中国名窑瓷器，几可乱真。其技之高，作者写道："这完全不可思议，他简直就是金庸笔下的姑苏慕容。"慕容擅"斗转星移"，其入化处便是以己之道，还彼之身。对应小森忍在华仿制复兴中国瓷器，可谓恰如其分。而另一节，说的是中西外交史上一次极具象征意义的事件。英国的威治伍德瓷与中国官窑，在乾隆皇帝寿辰之时首次会面。这其间的交流、碰撞与制衡，以"碰瓷"为章节名，可说是意味深远，又令人莞尔。

法国人佩雷菲特将这一刻记录在《停滞的帝国》中："1793年的相遇好似两颗流星在相撞。不是探险家到了猎头族之中，而是两种高雅又互不相容的文化在互相发现。"这次相互发现，并没有一个十分美好的结局，甚而显得尴尬。率土之滨，莫非王臣。中国皇帝的傲慢与硬颈的英国使臣马戛尔尼，在礼节上互不让步。然而，他们毕竟留下和带走了，彼此的瓷器。

一桌二椅，万水千山——柯军《说戏》

不敢说懂戏。

对戏有一种亲近。大约家中长辈里有几位票友。数代下来，终有默化之功。

写过一本小说，叫《戏年》，自序以昆曲作引。人说昆曲大雅，只见一端。许多年前，还在读书，看过一出《风筝误》。当时看得并不很懂，只当是才子佳人戏。多年后再看，却看出新的气象来，演绎的其实是理想与现实的盟姻。书生与佳人，生活在痴情爱欲的海市蜃楼里。周边的人物，却有着清醒十足的生活洞见。戏曲是生活现实的模拟，却也是发问。说戏是演的人说给看的人听，肃穆有之，举重若轻有之。说到兴处，旁人听出谐谑的声腔，但却不至于戏说。因为底里的幽幽深处，是个正襟危坐的身影。

《说戏》好看，其意有三，全在推陈出新。一为装帧。全书线装，手工毛边。书名与章节戏名，为昆曲大师柯军亲题，却鉴以篆刻阴文的方式"白上印白"，道尽昆曲白雪之质。难得正文每折戏，工尺谱皆自作者手书。墨透纸背，圈点评注，亦古亦今。二为结构，十一出经典剧目，柯军与"兰苑小花郎"陆诚，书法与画作，遥相呼应。问答之间，宛若渔樵。陆诚少年，已是昆曲资深听众。仍有赤子之心，代读者而问，引出有关昆曲诸多常识。柯军有如父兄，谆谆循循，深入浅出。陆诚之画，似昆曲之"副末"，亦如话本之"入话"。为柯军"说戏"详释解读，铺设背景。可谓由谐入雅，由浅入深。其三为立意。犹记得初见柯老师，谦谦君子，温润如玉，自有一派端雅的前辈名士范儿。然而谈得入港，方觉其身上有暗涌一般厚积薄发的活力，"深挖底蕴，大胆实践"由"昆曲监狱"至于"考古"与"探险"。在他，两种看似迥异的特质，"最传统"与"最先锋"水火相容，辉映一身。《说戏》便是自与"进念"合作《夜奔》以来，真实的取旧布新之路。

《说戏》可见"传承"二字的分量。以大雅之姿，薪火再三，自有其在时代中的砥砺。柯军对《夜奔》体之甚深。问及最心仪的唱词，曰"哪搭儿相求救"。日暮西山，是林冲作为末路英雄的悲怆苍凉，亦是昆曲之困境。"《夜奔》之难在于，要演出绝望与希望之间内心的煎熬与搏杀。"鲁迅所写"绝望之为虚妄，正与希望相同"。无实曰虚，反真曰妄，唯"八百壮士"肝胆相守。"按龙泉血泪洒征袍，恨天涯一身流落。"天涯不是头顶的天，在天边的天。手指所向，风骨所寄。"专心投水浒，回首望天朝。"这其中的"心口不一"，是林冲的人生悖论，却也是柯军在传统与革命间困厄挣扎的写照。

本书另一作者王晓映看《夜奔》现场,与柯军细抠动作,"这个动作哪里来的?张金龙老师那里来的。张老师这动作哪里来的,刘五立老师教的……"如追本溯源,无一式不见来处,这便是传承。排《对刀步战》,方明白遵张师嘱苦练错步之意。"我们戏曲当中的各种程式,山膀、云手、跨腿、翻身,就像中药一样有黄连、当归、枸杞子、白芷,每一味药都是独立的,看你得了什么病。我们的程式很多很多,都是独立存在的,什么人物,什么环境,去表达什么,就编排到一起"。练下的童子功,是前人的万般苦寒,举一反三,入筋入骨。

柯军写舞台经验,盛大宏阔如圆形罗马露天剧场,欧洲古城堡"数尽更筹,听残银漏"绕梁余音;简素朴白如名古屋能乐堂,无声无乐,呼吸即节奏。瑞安古庙,如逢魅影;周庄古镇,水墨添香。千百年积淀如昨,人欲静而风不止。他感慨:"世界在变,社会在变,剧场在变,我在变,杨阳在变,《夜奔》怎能不变?"

斯图亚特·霍尔(Stuart Hall)曾提出文化属性两轴性。其一认为文化属性反映共同的历史经验与共享的文化符码,提供作为一个民族——稳定,不变与持续的指涉及意义架构。其二认为文化属性处于不断的变动当中,绝非完全稳定,而是受制于历史与文化力量的操纵。一轴是类同与延续,另一轴是差异和断裂。式微艺术断层之痛,薪传无继之危，令人痛定思痛。省昆有"捏戏"传统，人为戏存，戏因人盛。不为铁肩道义，或只因冬练三九、夏练三伏的一口气。《说戏》的字里行间，便是一静一动、一记一传的朝朝暮暮。

传承之外，亦见嬗变。昆曲讲"大道至简"。《桃花扇》三十年前的楼阁丘坡，到如今黑幕前的一桌二椅。"舞台上物质越少，非物质就越多。"唱念做打，手眼身步，方是昆曲本体。《说戏》中有两出，令人印象深刻。一是《长生殿·酒楼》，郭子仪独饮长安，嗟叹世风不在，射虎人遥，屠狗人无。酒楼五看，由外戚盛宠，至于妖氛孽蛊。黄小午对传统的改编，聚焦于以"所言"以代"所见"。安禄山杨国忠，尽见于郭子仪与酒保二人庄谐对手。场景写意，楼上楼下，全赖单桌独椅。忧国之情，却因舞台删繁就简，而张力尽现。可谓审美对位之极致。二是《牧羊记·告雁》，独角戏，也是看家戏，又称"一场干"。告雁而不见雁，思我而忘我。台上仅演员一人，雁却由意而行止，不留一痕，又无处不见。这便是虚实的辩证；雁于苏武，如内心独白。"渴饮月窟水，饥餐天上雪。"一鞭在，羊在。一人在，雁在。叫雁六次，雁飞，起落，盘旋，由演员手眼引导，于观者心中塑造。这便是无胜于有之大境。

柯军设计的一场"写血书"，是剧中高潮，草茎没有，血亦没有。

一只水袖,亦是书信。手指的细腻动作,行云流水,全是故事。

在《邯郸记·云阳法场》一章,柯军提到了兰苑剧场。这剧场不大,与我更年轻时的记忆相关,也是南京的昆曲迷们熟知之处。"特别干净,纯粹,没有复杂的舞美音响,演员不借助任何科技手段,真演真唱。"一切返璞归真,由繁入简。观众在台上看的是戏,也是看经那千百年锤炼下的,至今入人心肺的人生。

一桌,二椅,三两步,四五人,即万水千山,千军万马。

捕光捉影，不负旧日——何藩 Hong Kong Yesterday

何藩逝世周年。

香港金钟苏富比艺术空间再做回顾展，命名为"镜头细诉"。因这次登场的主角，除了三十帧展售照片，还有大师陪伴终生的伙伴，由十八岁至八十多岁，一部 Rolleiflex 3.5F 双镜反光古董相机。

暂不论在三十岁的时候，已获得的三百多个国际奖项，这台相机可说居功至伟。它让何藩放弃了作家梦，却成了另一支笔。"摄影就是用光绘画（light painting）。"何藩的绘画依赖器物，并未囿于器物。在当下龙友迭出、烧钱不止的情形下，何曾有人甘心放弃对技术的执着，进入最日常的等待。"观念比技巧更重要。"何藩说，"中国古代的诗词歌赋比很多导演的蒙太奇效果更棒。"他的每一帧作品，其实都是在描述，在讲故事。你能感觉到他的叙事，是缓慢的，并不跌宕，是积聚之下的洞穿人心。

我手上的这本摄影集，叫作 Hong Kong Yesterday。香港的昨日。香港的昨日有太多的承载。在半个多世纪的迁徙中，台北由水城变成了陆城；而维港则由可停泊五十多艘万吨巨轮的良港，变为抬眼可见中环的观光之地。所谓集体回忆，日渐稀薄，一座钟楼都成了一代人的想象凭藉。然而,翻开何藩的这本摄影集,才知历史丰厚如此地砥实。它是码头上两个人望尽千帆的顾盼,也是电车道交叉口行人匆匆的步履;它是收拾了活计,疲惫而满足的三轮车夫,也是暮色中飘在市井上空的一件破旧衬衫。看何藩的摄影,不止一次地想起香港的乡土作家舒巷城,大约因他们对民间的关注,有如同工异曲。记录的,是这城市的引车卖浆者,是底层人们的最日常的细说从头。往往聚焦的人群是妇孺。小姐妹彼此的情谊,妯娌之间的絮语,贫穷母子的哀而不伤。极有印象的是两个女孩的特写。其中一张《灵犀》(*Spiritually Connected*),是新年之际双手合十的少女。眼底的虔诚与热望,穿过缭绕的烟火,明澈于众。另一张叫作《童年》(*Childhood*),一个在集市上卖水果的女孩。这女孩的面目,堪以惊艳来形容,有着动人心魄的美。然而,眼里却死灰一样,是对命运的屈从与妥协。这便是何藩,他的镜头所至之处,有着善意的触碰。不突入,亦不僭越。诉说的,是镜头之下的人之常情。

说何藩以光为笔,并非虚妄之辞。光与影是他的摄影语法,甚至是画面的主角。晨钟暮鼓,海上潋滟。全以光的浓度明暗渲染。光甚至成为构图裁切的锋刃,最具代表性的,莫过于其名作 *Approaching Shadow*,是这本摄影集的封面图。一阴一阳,以光为界,旗袍女子站在几何交汇的一点。叙述的是人的微渺，也是人与世界茫茫然的孤寂。何藩又极善用背光，这本是摄影者的避忌，却被他用得入化。*Moonlight* 的船家女落寞的剪影。*Journey to Uncertainty* 里暮年妇人蹒跚的背部，似要消失在了没有光的所在。一切日常与琐细，因幽暗浑然的构图变得肃穆甚而庄严。在何藩的摄影里，我们看到了相对的意义。光与影，无成见，不偏倚。那些藏匿与忽略，在他的眼中逐一为活色生香。*World Upside Down*，刻意的反转。影子成为主角，行走于都市，而人的形体本身反而成了身影般的依附。同样的处理，还发生在 *Shadow Prayer* 中，与神灵的交流与洞悉，在炽热的水泥路上，是幢幢的影，彼此交叠，参差不拘。

这就是何藩，留住了一个我们熟悉而又陌生的香港，一段似是而非的岁月。他一生传奇，摄影师、演员与艳情片导演，但将最平朴日常的城市印象，烙印在我们心底。在他的人生终点，还挂着自己最后一本摄影集，名字是《念香港人的旧》。

五德始终，何不好色——陈鲁南《织色入史笺》

因为在写的新小说关乎民间工艺，买了一些书。中华书局的《织色入史笺》，是当专业读本来看的。意外的是这本书中的趣味。知识性自不待言，按红青黄黑白五色为谱系，纵横殷商至晚清之历史与人文。五行之色在战国齐邹衍的推动之下，成"五德始终说"与朝代更迭相关。周为火尚红，因而克商之金。秦尚黑为水，则克周。始皇自命，中国第一件龙袍便为黑色。五德相克，诸朝各有德色。如此一来，几乎宿命。所谓大历史的车轮滚滚，不过踩踏纷呈。纵横捭阖，如小儿戏，并无足观。

这是有趣的世界观，将颜色推向了前台，简化了历史。我心有戚戚的，则为民间的部分。老子说，"五色令人目盲。"是肉眼凡胎的不济之处。中国人对颜色的敏感与遐想，与西人交相辉映。其间异同，颇可一考。中国人尚红源远流长，且细分为绛赤朱丹茜彤赭诸色。对红色的尊崇郑重，由《论语》中"红紫不以为亵服"可见一斑。先秦后至汉朝，红作为帝王之色皆尊贵非常。难怪汉高祖刘邦称帝前重点炒作项目之一，就是称自己是赤帝之子，这在《高祖斩白蛇》这样的小戏里，至今还看得见。其后，"赤"作为忠义之色的意义，被关羽发扬光大，以至凝于脸谱。而民间喜闻乐见的，为其吉意。红鸾星动，辟邪驱祟,皆由此而来。所谓本命年扎红腰带的风俗,仍是盛行不衰。相关中国对红色的淳正典穆,西方的 red 则要暴烈得多,多与流血相关,red revenge 血腥复仇。亦象征放荡秽乱,the red light district 当为明证。与此相关的自然包括与 red 接壤的词汇,比如 scarlet,其是介于红橙之间的颜色,近似猩红,专司罪恶之意。美国作家霍桑著有《红字》(*The Scarlet Letter*),佩戴在主人公白兰(Hester Prynne)胸前象征通奸的红色字母"A",可见其凌厉。

至于白色,在中国是十分微妙的颜色。尚白的王朝在中国除了商,只有晋金两个。其祥瑞的意义,自庙堂至民间。前者多与向帝王的溜须拍马相关,色白动物被牵强视为吉兆;后者多少也是出自迷信,就连李时珍在《本草纲目》里也提到"人见白燕,主生贵女"。白色不祥,则因丧服制度而起,佩戴、灵堂、招魂幡皆以白色为主调。《礼记》中说,"为人子者,父母存,冠衣不纯素"。这是为在生者的忌讳。不仅红白事在中国更是壁垒分明,在大众的艺术认知里,相对于红,白色也多为奸佞之色。京剧的脸谱,奸雄贰臣,曹操、严嵩、赵高等人脸谱皆白。但在西方,白色则是无邪之色。White wedding,是婚礼的主调色。同时象征正直不阿,a white spirit,white hand 比比皆是。就连出于善意的谎言,亦用 white lie,这一点自与中国的文化观念大相径庭。

中国对于颜色的审美，博大精深。不知是因为压抑还是想象力丰富，"色"可引申至男女。这似是西方 Color 一词的盲区。梁惠王向孟子袒露心声，"寡人有疾，寡人好色。"是传承千古的风流自白。凡与性含义相关，皆以色代之。"色欲""色魔""色鬼"，不一而足，也是有些冤枉。说起来，人要六根清净，殊非易事，"色"倒真是考验的好途径。东汉马融教学，以绛纱作帐，帐后是貌美的侍女与女乐手鼓吹，以声色之诱锻炼学生的专注。后来便有了"绛帐授徒"的出典。当今司法界有了"鉴黄师"一职，似亦有临色不乱之意。但帝王之色如何与淫秽相关，倒也有一番来历。东汉的道士张陵（民间声名赫赫的张天师）写过一本《黄书》。你没看错，这书就叫《黄书》，主释房中术。张道士言之凿凿，这是修身养性之书，其中各种男女合体之术都是黄帝的创造。把祖宗拉下水，无非是要增加自己的权威性，但书中让人面红耳赤的段子太多，明清时期终于被视为宣淫之作禁掉了。自此"黄"就与色情相关，黄帝也是冤屈。不过，这一点却与西方不谋而合。十九世纪末，一本名为《黄面志》（*The Yellow Book*）的刊物面世于英国。创作主力是一群文艺青年，本来也就是小色怡情。但因为王尔德先生因为风化案出庭时，在胁下夹了这本杂志，殃及池鱼，就此声名扫地，"黄"名昭彰。这又是人将书拉下水的案例。

顺带讲讲"绯闻"这个词。"绯"字本没什么不好，出现得也晚，是隋唐前的新造字。《说文》里并没有，宋初的徐铉作校补时，增加《新附字》一篇，才收录进去，注解为"帛赤色也"。但其指代香艳，不是古人的发明，而恰和新文化的倡导者相关。蔡元培以兼容并包之姿主持北大，被林琴南抨击其不尊孔孟。蔡便发表公开信说："教员关键是要有学问，洋的土的留辫子的……喜作绯艳诗词者，只要不搞政治和引学生堕落，教学生学问有何不好？"这话是为胡适辜鸿铭等人开道的，却莫名成就了"绯艳"一词，进而引申为"绯闻"，被津津乐道，沿用至今。

裁云筑山，往复无际——王澍《造房子》

与《造房子》的编辑不期而遇，听说投入热情编这本书，有个有趣的初衷，认为建筑师是年轻女士们考量未来先生的优选。对世人而言，或是美妙的成见。大概都觉得，这职业浪漫却又经世务实，是理智与情感的结合体。

建筑师写的文学作品，这些年多少读过一些。第一本是张永和的《作文本》，其间看了数本中国台湾建筑师阮庆岳的随笔，有印象的是《开门见山色》与《烟花不堪剪》。我所崇敬的建筑师，是安藤忠雄（Tadao Ando）。在我看来，安藤是将日常神圣化的典范。看他的作品，经常想起沈从文的一句话，要造一座希腊小庙，里面供奉的是人性。但安藤的文字，以文气论并不好看，阅读上有些发涩。我想，这便是所谓术业有专攻。

读到了王澍，多少有些意外。我祖父母校的缘故，我拜访过他设计的中国美术学院象山校区。观感独特。我读书有看序言的习惯，这书开篇便看出趣味来。作者曾经是锋利的，如他的故人所言，是一把"走来带着寒风的刀"。但多年后的字里行间，他对自己温润的变化有解释，"我首先是个文人，碰巧会做建筑"。他爱看书，却非与建筑有关的书。

"任何建筑都是园林。"这句话击中了我。

进入正文,还是意外的,的确极少见有人从古典画意画品谈建筑。何况他所起笔的,是郭熙的《早春图》。这画是我祖父至爱,称"动静一源,往复无际……乃有宇宙即有此山,静之至也,而变动自然"。郭熙师从北宋三家李成,自己又是很好的画论家,一部《林泉高致》,提出"高远、深远、平远"三远法。王澍对其中视点延展深邃奇妙的空间关系,有很妙的一笔,称之"如此地巴洛克",说回忆不出这幅画画的是树还是石头,以图名应该是树,但回忆里却是石头。我读到此处,顿觉这便是郭熙所说"冲融而缥缥缈缈",是中国画的辩证,与西式建筑理念和而不同。王澍引童寯说不知"情趣",休论造园,亦是由画入手,物我两望、以小观大之道。

谈"齐物"的建筑观,他亦由园林谈起。不说《早春图》的气流与虚空,而谈《溪山行旅图》里的大山对真实视觉的挑战。他的宁波博物馆被塑造成山的片断,以连绵重建城市。以旧砖瓦砌筑传统,收藏时间。

象山校园的建设,王澍说到下青浪的村落观察经验,同样联想至宋画的山水之道。所谓"山外看山"与"山内看山"之别,便是人与境之判。其以何陋轩为案,辅以倪瓒《容膝斋图》,拆解小建筑中的大空间之蕴,令人心生戚戚。说到这里,便要提沈三白,《浮生六记》言园林,提出诸多原则:"夫园亭楼阁,套室回廊,叠石成山,栽花取势,又在大中见小，小中见大，虚中有实，实中有虚，或藏或露，或浅或深。""见"是朴素的视觉衡量，王澍视其为尺度，乃建筑的幻术与对大小的异想。而实虚的表达："或山穷水尽处，一折而豁然开朗，或轩阁设厨处，一开而通别院。"这是哲匠所致的人生惊喜，生活致知。王澍则再视为其"造山"的意义。"空谷传声，虚堂习所。"引申为中国建筑的基本概念，"空旷的虚体"，可观而不可测。

其实建筑师与画者相通，便是需将自身融于作品之境，郭熙论得确当："看此画令人生此意，如真在此山中，此画之景外意也。"这或许也正是王澍造山的意义。都市之中，人于困顿。与自然之源，便在居所拟其象形，入其境而得其意。神游内外，横看成岭侧成峰。

滕头案例馆可视为王氏的世界观之作。它也让我看清了造房子的意义。这是有腔调的建筑，幽深致远的空间剖白，模拟一种实体的历史回忆。很安慰看到王澍提到《世说》中的故事，这段落形容建筑于人的意义，得体且无可辩驳。王戎在那酒肆远处的一望，"今日视此虽近，邈若山河"。

我们在房子中生老病死，相爱相杀。我们的一切，它们默默见证。及时凋落，不僭越亦不媚悦。终有一日，我们发现何谓有容乃大，是身居自己造出的山川。

第三章 东西引

亦中亦西，可口可乐——蒋彝《伦敦画记》

关于蒋彝的著名逸事，和享誉世界的饮品相关。1927年刚刚进入中国时，"Coca-Cola"有个拗口的中文译名"蝌蚪啃蜡"，不开胃到极点，可想而知长时间销售惨淡。负责拓展全球业务的出口公司在英国登报，以350英镑的奖金重新征集译名。一位旅英学者从《泰晤士报》获悉，以"可口可乐"之名应征，一击即中。力挽狂澜的人，就是蒋彝。

如今看来，这个脱颖而出的译名在市场上的斩获，可谓令人击节。我上课与学生讲到商业翻译的"信达雅"，仍常以之作范本。其他提及包括"宜家"（Ikea）或者"露华浓"（Revlon），当然也是颇具典故的妙译，但总觉不及"可口可乐"活色生香。

这件事，足以说明两点，其一，蒋彝是个很有趣的人；其二，他对中西文化触类旁通。但这本《伦敦画记》，副标题是"哑行者在伦敦"（*The Silent Traveller in London*）。缄默的形象，总与有趣有些不搭调。事实上，字里行间的蒋彝"聒噪而温暖"。"哑行者"系列，派生自他的个人经历。其字"仲雅"而谐音"重哑"，一是纪念早年投笔从戎，也曾金戈铁马入梦来（北伐期间，给自己更名为激情昂扬的"蒋怒铁"，略见一斑），但其间得罪地方权贵，他乡远走，有苦难言。再则初至英伦，英语能力欠奉，诸般感受语塞于胸，有声却类哑。"在湖区的两星期，我几乎完全静默，因平静而生的喜悦将会是我在英国的难忘回忆。"蒋彝对此念兹在兹，甚至以"重哑"罗马字首C.Y.作为自己名字的缩写，此后又送给了女友英妮丝·E. 杰克逊（Innes Jackson）做了名字"静如"（Ching-yu）。

看目录，总疑心蒋彝是巨蟹座，因为篇目整饬惊人。上半部是伦敦的春夏秋冬、风月雪雾，下半部是伦敦的男女老幼、书茶酒食。但读下来，行文风其实类似漫谈，随意跳脱，有些信马由缰。我喜蒋彝，在其谦和，将自己的文章低进尘埃里。他称所作画记，为"枕下书"或"茶余饭后的谈资"，不为学富五车之人所重。并引斯威夫特（Jonathan Swift）对读者的分类，不敢掉阖于肤浅、无知、饱学之间。其好有一比，说西方人很喜欢在中餐馆点"Chop Suey"这道菜，其实就是广东话里的"杂碎"。意在混合琐屑，亦成大观。所以，你在蒋彝笔下，看不到针砭时弊。谈及对政治的冷感，他甚而自称还不及认识四年的老邮差健谈。但有趣的是，在行文里，蒋彝频频提到一本喜欢的杂志《笨趣》（*Punch*）。这是英国著名的政治讽刺类杂志，以批判时事、挪揄时人著称。可见蒋氏的夫子自道，或许也是对自己一种大隐于市的人格保护。

事实上，他的文章里，处处入手于微，但又颇见英国散文之讥诮。

比如他谈到某次宴请,关于女主人的形容,写道:"如果我说她类似鲁本斯(Rubens)画里的女士,你大概就知道,她看来什么样子了。"这几乎是兰姆(Charles Lamb)的口吻。但整体上,上承明清小品性灵之风,或是西人爱他的地方。他谈伦敦的夏天,回溯乡情,说到中国人爱荷。其中有颇风雅的一笔,即将小撮茶叶置于花苞中,过一两日,茶叶便会散发微妙若无的香气。熟悉《浮生六记》的朋友,知其出处是主人公陈芸的作风。这一段用英文来表达,自然极其美妙。记得哈金的《等待》(*Waiting*),其中写人物被殴打得"遍体鳞伤",本是很普通的成语。但他用英文表达出来,是"伤痕累累,如周身鱼鳞密布",便带来惊心动魄的美感。所以,蒋彝或也得益于这种文化桥梁的地位。

蒋彝的画家身份,与文并重。他的父亲是肖像画师,无奈早逝。蒋未得其传。后来四叔祖延请江州名家训导其子,这个表叔并不成器。靠旁听观摩,倒成就了偷师学成的蒋彝。足踏东西,鲜有执念,故而举重若轻。他谈伦敦雾,也谈写生,透纳、惠斯勒、庚斯博罗等信手拈来。我很喜欢的一篇,是《在美术馆》(*At Galleries*)。难得蒋氏有许多精准而朴白的艺术观念。如以阿波罗和狄奥尼索斯指代东西方艺术的含蓄平和与强烈深沉。"中国艺术技巧主观而空灵,尝试让人的感觉和自然的精神合而为一。相对的,西方艺术则是我所谓的客观而戏剧化,想用人的力量控制大自然。我发现西方的绘画是动态的,和本国绘画中感受到的完全不一样。"这些观念,放到当今或不特出。但结合蒋所处的时代,是很先进的洞见。其坦言喜欢西方文化,却并无媚态。而以之躬身返照。如《谈书籍》一文,写白话文运动过后,中英出版及文学的异同,他写道:"在这儿我得强调,如今我们已能像欣赏古文般欣赏新式文章,我们还觉得,许多方面,前者对后者颇有帮助,可奇怪的是,虽然我们的新式文章较为容易,但许多西方汉学家并不乐意读,即使我们读的是现代英文,而非乔叟的古英文。事实上,我们宁可保持高高在上的姿态,自负于得以阅读'古代汉语'。真了不起!可这么一来,世人对中国文学的误解该多么深呀!"最后一句,读罢令人如坐针毡。盖因当今学界,情况亦然。某顾姓汉学家对当代中国文学大张旗鼓的全盘否定,或为明证。

即使长居英国,蒋也看重华人的身份。这由他谈到中国的古典艺术家,以"我们的大师"称之可见,甚至,当名声日隆,也曾被误会是日本人。他在《日本画记》中以诗明志:"朝朝多少游春者,我是唐人知不知。"或许他的一双"中国之眼",永远带着饱满的好奇,去刺探异文化的痒处。在他看来,英国作为民族的有趣,并不仅体现于会为了准点的下午茶而在战争中放弃攻陷敌手;也不仅止于可善待类似孔乙己行径的偷书者并视其为"雅贼";更不单是将伟人塑像放在广场上任日晒雨淋、鸽粪盈额而没有凉亭遮挡。她拥有一个完整而迷人又匪夷所思的文化体系。《名字研究》大约最能体现这种文化对撞感。这篇文章令人莞尔,在于蒋彝放弃了一贯的淡和笔调,从无法容忍英国人对有上千个"比尔""约翰""玛格丽特"安之若素讲起,进而"谴责"这个国家取名的随意程度。这是一篇典型的吐槽文,甚至英国皇室也无法幸免。蒋氏认为是所谓"民主"影响了这个国家对名字的谨慎。中国人取名原则"不以国,不以官,不以山川,不以隐疾,不以畜牲,不以器币"。而在英国堪布兰,一个卖羊肉的农民却可以也叫"羊肉"(Lamb)。那么姓自然也好不到哪里去。巨大的好奇推动蒋彝做了似乎荒诞的事情,翻看伦敦的电话号码簿并发现了诸多"无法想象的姓氏"。进而推论,一个英俊的年轻人来自"卡麦隆"(Cameron)家,意思是"歪鼻子"。一个窃贼可能是"高贵先生"(Mr. Noble),一个生病走路慢吞吞的人可能是"匆忙先生"(Mr. Rush),一个矮子可能姓"高人"(Long fellow),一名国会议员可能是"管家先生"(Mr. Bulter)。这种揣测,或者带着点淡淡的恶意,也是两种文化对接时必然付出的代价。其实西人看中国的名字,又何尝不若此。有次小聚,一位艺文界的前辈,说欧洲电影圈,谈及张艺谋导演皆称 Johnny,众人自然很费解。听他解释才明白,西人将张的姓名发音按自己的习惯拆解为 Johnny Moore,自然将张导演叫成了开修车行的邻家兄弟。

蒋彝笔下,中西有异。如英国儿童的成熟来自对大人的模仿,而老人则抗拒任何关于年龄的提醒。中国百善孝为先,以长为尊。渐入老境,从心所欲,不逾矩。又有相似处,比如体会"惧内"的尴尬,又视其为美德。

蒋彝的伦敦,着眼于人,包罗万象。见诸细节处,则犹抱琵琶,全赖中西读者各自解读。一如他写一个大雾天,中国友人带美国朋友登山的故事:

> 登上了山顶,四周尽是绵延的雾霭,尽头处是小山模糊的轮廓。"可这儿什么都看不到。"美国朋友抗议道。"那就对了。我们上来,就是什么都不看。"中国朋友回答……

姹紫嫣红，白驹上陌——白先勇《台北人》

因为去做一个关于白先勇先生的讲座，重读《台北人》。一读之下，只觉得恍若隔世。第一次读这本书，还刚上大学，觉得书里头写的，都是陌生人。如今再读，却都是似曾相识的故交，旧地重逢一样。这才意识到，不同的年龄和心境，读同一本书的感受。

台湾"公视"，前些年连续以白先勇的小说为题，拍摄了几部电视剧。声名大噪的是《孽子》。之后便将目光投向了《台北人》。《孤恋花》和《一把青》。两部中间相隔了十年。那时的袁咏仪是云芳老六，演纵横百乐门的花国皇后，操着不纯熟的粤式国语，却并不违和。袁与生俱来有一种旧人气息，这很微妙，或许脸上始终有种曾经沧海的肃穆。她在稚龄时，拍过的《新不了情》，里面就有。那个女孩儿，纯真，但因为混迹市井江湖，自有一番和年龄不相称的世故。《孤恋花》中，这女孩儿或是长大了。世故成了风尘气，但仍有一种刚毅和清醒，是可以定海的。更好的是李心洁。这时的她，刚拍过彭顺的《见鬼》，演技已有心得。但难得的是，这里面的五宝。眼底仍然干净，没有一丝雾霾，但又盛得下人生的重量。里面有一个镜头，云芳对她细数过往，痛定思痛。五宝只微笑着，淡淡说，阿姐也是吃过苦的人。

小说里头，这五宝长着一张三角脸，"短下巴，高高的颧骨，眼塘子微微下坑"。虽然眉目端秀，却是悲苦的薄命相。李心洁演得好，好在将这苦埋进心里，脸上却是哀矜勿喜。还存有一点对时世的讨好。云芳与她两个，在苏州河上，她说景色美。云芳说，"生活过不下去，哪有心情看风景呢"。她微笑，依旧还是四周看着。

《台北人》是迁衍与放逐的主题。白先生笔下，这些台北人是政要大员，富商大贾，也是暮年老兵，还有惶惶而来的升斗小民。到了新的地方，都要安身立命。这里头不包括五宝，她横死在了上海。云芳从上海"百乐门"的红舞女，成了台北"五月花"的经理。如她一般的，还有尹雪艳、金大班。这时，男人们多半敛了声气。但这些有斗志的女人，到了台北，仍然要纵横捭阖。和男人斗，也和寥落的世界斗。尽管这战场，格局小了很多，"百乐门的厕所，只怕比夜巴黎的舞池还宽敞些呢。"金大班曾经沧海的感叹，有鄙夷，更多的怕是不甘心。但她和尹雪艳，到底是东山再起。练就了火眼金睛，四两拨千斤，也练就了处变不惊。白先生在访谈里头说，将尹雪艳是当作"尤物"来写，续了飞燕、太真的传统。徐壮图一个有为青年，为她家破人亡。她自有胆参加追悼会，无所避忌。顺道就在追悼会上约了牌搭子，到自己的公馆里打麻将。

葛亮 梨与枣

人心的硬，不是一时一地的练就。《一把青》里头，年轻的朱青中学未毕业，嫁给了飞行员郭轸。郭在徐州一战罹难。朱青抱了郭的制服，要去给他收尸，有人拦，便乱踢乱打，一头撞在电线杆上。醒了病了几个礼拜，只剩一把骨头。待到了台北，辗转重逢，朱青已是历练风尘的女子。和空军里的新兵逢场作戏，唯独对一个小顾似动真情。然而造化弄人，小顾却也在桃园机场空难丧生。人再去看望朱青。却见她"正坐在窗台上，穿了一身粉红色的绸睡衣，捞起裤管跷起脚，在脚趾甲上涂蔻丹"。战火，生死，时代，人心，哪一样不是将人生生地磨硬了，磨糙了。

欧阳子称这本书，认为白先勇与福克纳最相似的地方，是多写"现实世界的失败者"。如是观，书中纵然仍是一团锦绣，但总是旧去了许多成色。"原来姹紫嫣红开遍，似这般都付与断井颓垣。"或是《台北人》中女性的嗟叹。相较下，白先生写男性，落败的悲壮感更浓烈些，或许不及女性因地制宜、入乡随俗的本领。这些人，并不见得都是青白的脊背，瘦细身形的年轻"零余者"。况味不尽相同。其中有几篇，写老境中的男子，自有一番见微知著的格局。《梁父吟》里有两处意象用得极好。写朴公的书房，一幅中堂，是文徵明的《寒林渔隐图》。两旁联对，确是郑板桥的真迹。"锦江春色来天地，玉垒浮云变古今。"

一是主人公自喻处世之态，一是其应对常变之心。朴公年届古稀，年老的副官也已过花甲。前者和王孟养有桃园结义之谊，古稀公祭辛亥同俦，悼亡的是时代，也是自己。这文中颇多隐喻，耐得推敲。一是朴公幼孙效先背诵《凉州词》；一是朴公与雷委员对弈，不觉蒙然睡去，待他醒来，雷委员恭然告辞。朴公道：那么你把今天的谱子记住。改日你来，我们再收拾这盘残局吧。

《冬夜》里，两个多年未见的老友。一是衣锦还乡，一是黯然落幕。可都不谈当下事，遥忆"五四"运动，说到年轻时"励志社"的老朋友，多半不在了。活着的，境遇又大相径庭，有的潦倒度日，有的加官晋爵。最后故人告辞，余教授的嘱托，却是自觉难以启齿地为稻粱谋。其中有一个段落，写得颇令人唏嘘，余嵌磊被老友谈起少年时打进赵家楼的壮举：

"余教授那张皱纹满布的脸上，突然一红，绽开了一个近乎童稚的笑容来，他讪讪地咧着嘴，低头下去瞅了一下他那一双脚，他没有穿拖鞋，一双粗绒线袜，后跟打了两个黑布补丁，他不由得将一双脚合拢在一起，搓了两下。"

这便是曾经沧海和现实的黯然。多少英雄意气，终敌不过时间如洗的磨蚀，乃至一个日常细节落魄的提醒。这些男人，以回望的姿态，作为最终志向未酬的救赎。"国葬"被称为《台北人》的结语。一个老副官，跟了长官李浩然一辈子，后却因身体原因被遣散。"打北伐那年起，他背了暖水壶跟着他，从广州打到了山海关，几十年间，什么大风大险，都还不是他秦义方陪着他度过的。"将军殁去。如今他回来奔丧，无人识得，再见故人，却尽已是物是人非。

生者悼亡的意义，是由远及近，推人及己。秦义方回忆李将军，戎马倥偬，一字一句，没有他自己，但又全是他自己。在白先勇笔下，"义仆"是重要的人物意象。他们犹如历史坐标，本无声息，似有若无。却是立足当下者，连缀过往。"国葬"的年老副官，《思旧赋》中的罗伯娘与顺恩嫂，皆是如此。主人伤逝，缺席。他们便是主人及时代的生命镜像，是对过去的招魂。招之即来，挥之不去。

最后想说的，是这书中所写，中国人的体面。大的迁徙，是人的试金石。你要放弃所有，或者被所有所遗弃，连根拔起。财富、声名、家世，所有的累积，皆荡涤一空，只余一具皮囊。但是你身上的烙印犹在，荣誉似负累，也似原罪。于人终有所支撑。《花桥荣记》，借米粉店老板娘之口，道出世家子弟卢先生的前尘往事。"卢先生是个瘦条个子，高高的，背有点佝，一杆葱的鼻子，青白的脸皮，轮廓都还在那里，原该是副很体面的长相；可是不知怎的，却把一头头发先花白了。"在众人的人伦礼义消弭在了市井的粗砺绝望中，卢先生坚守着家乡桂林的一纸婚约。这是他最后的底线，也是崩溃的边缘。《游园惊梦》

中的蓝田玉,原是名伶,在南京嫁给了年老的将军钱鹏志。将军去世,身后凋零。钱夫人自然风光不再。只因"长错了一根骨头"。富贵若浮云。十五年后,她赴当年姐妹桂枝香窦夫人的家宴。穿的是一件压箱底的墨绿杭州旗袍。

> 她记得这种丝绸,在灯光底下照起来,绿汪汪翡翠似的,大概这间前厅不够亮,镜子里看起来,竟有点发乌。难道真的是料子旧了?这份杭绸还是从南京带出来的呢,这些年都没舍得穿,为了赴这场宴才从箱子底拿出来裁了的。早知如此,还不如到鸿翔绸缎庄买份新的。可是她总觉得台湾的衣料粗糙,光泽扎眼,尤其是丝绸,哪里及得上大陆货那么细致,那么柔熟?

这份体面,到底要的有些勉强。宁旧勿新,仍看得见骨子里的一份自尊。白先生说,要"为逝去的美造像":"我写的那些人里头,虽然时代已经过去了,可是他们在他们的时代曾经活过……在他们的时代里是有意义的一生。"这些人与事,带着一点不甘,有的与时间砥砺,更多的是和解。去日如白驹,歌者犹遗存。

那么近，那么远——中川雅也《东京塔》

原本写此篇，或许是为了树木希林。《小偷家族》在中国公映后，再次为是枝裕和带来了声誉。但这部电影的情节，进展到了祖母安然去世一幕，却令我唏嘘，有隐隐不安之感。而树木希林似乎如在谶语中，未几因沉疴辞世于东京。

在我看来，树木希林是那种天生的好演员。意义在于，她所演的影片，似乎总在诠释她现实生活中的一部分，而不是反之。那么生活则成为她最大的舞台。《步履不停》《比海更深》《海街日记》《我的母亲手记》，细数下来，人们总是看到在主人公跌宕的人生背后，有一个平静而日常的母亲。她总是絮絮地说着话，这些话也许无关紧要，但却无一字不让我们似曾相闻。她不算温柔，甚至时而刻薄，但无处不在地成为我们安然落定的沙床。

因此，分享《东京塔》，可能出于将欣赏的人集合在一起的私念。它的作者，是 Lily Franky，本名中川雅也。没错，正是《小偷家族》中父亲的扮演者，一个荒唐潦倒而真实的角色。在成为是枝裕和的御用演员之前，他的身份是职业漫画家，以及作家。而这本书，正是他的自传。同样恰如其分，在《东京塔》中饰演他的，是"日本第一型男"

小田切让，不羁的个性、介于两性间的魅感与介于男人与男孩之间的不肯定，让人物塑造有了奇妙的说服力。而母亲的角色，再一次由树木希林演绎。

这本小说的副题，叫作"母亲和我，有时也有父亲"。会让人自然有某种弗洛伊德式的不伦联想。关于恋母与弑父的凛冽互斥。但事实上，这本书的主题，是关于和解，且层次多元。首先，刚才说过树木希林的作品，似乎都在诠释她的生活。似某种宿命，这一部没有例外。书中的母亲，早期和父亲分居，但并没有离婚。任由父亲信马由缰，浪荡于尘世间，偶尔酒醉回家，便对家人施以拳脚。母亲带着儿子，是那个颠沛流离打拼半生的角色。但在母亲罹患淋巴癌，被儿子接到东京，生命的最后，父亲如归帆浪子回到了她的身边。三口之家以这种方式团聚，顺乎于自然，水到渠成。没有任何人唏嘘或质疑，也没有人想去探究这二十多年来的过往与辛酸。而在现实生活中，年轻时特立独行的树木希林，同样爱上了摇滚浪子内田裕也，五个月后，穿着牛仔裤闪婚下嫁。婚后却因为后者家暴，分居生活四十三年。树木希林发现自己罹癌后，与丈夫和好，终于重新走在一起，走向人生尽头。

这部小说成书于 2002 年，影片完成于 2007 年，对树木希林而言，是对人生复写兼预言式的演绎。然而，因为笔下儿子这个角色的存在，无疑为这本书增加了丰富得多的维度。

主人公雅也出生在福冈县的小仓,附近的八幡是新日本制铁公司下属的大型炼钢厂,曾标志着日本战后的工业腾飞。书中一笔,母亲对雅也说,二战时美国落在长崎的原子弹,原计划攻击的对象是小仓,但因为小仓天气不好而作罢。若干年后,炼钢厂已经被拆除,原地建起一座主题公园,里面展览了美国的航天火箭。在这吊诡的时代场景里,雅也们艰辛而热闹地成长。他们目睹了筑丰的矿山关闭,和国手长岛茂雄退役;他们的第一张唱片是布吉乌吉乐队的《约克港,横滨,横须贺》;他们偷区议员的选举海报广告牌做棒球棒。雅也在约翰·列侬被枪杀那年,考上了东京的大学;而又因为姥姥忽然过世,错过了滚石乐队第一次来东京的演出。他的个人命运带有着某种演示性,与时代的变迁轨迹交叠合一。

他选择去东京,只是因为父亲的一句话。中学毕业,他的父亲带他走进一间酒吧,邂逅了变性的酒保。"这个世界上有各种各样的人,有不同国家的人,他们都有不同的想法。去东京吧,去东京就能看到更多的人,去看看吧。"这个在他人生中长期缺席的父亲,却总不经意地在他重要的生命节点出现。世俗的角度来说,他实在不是个称职的父亲。幼稚、酗酒,不负责任。与母亲分居近三十年,只是"发挥了最底线的作用"。然而,公允而言,父亲并不是个太糟糕的角色,他有着本能的良善,近乎卑微而笨拙地取悦儿子。他抽着 Mr.Slim 的香烟,给儿子用木头和野蚕丝做战舰。他一边混着社会,做着并不名誉的"建筑师"工作,一边关心着雅也的美术考试,在相熟的土耳其店里辅导儿子兼作性启蒙。

事实上,对雅也来说,有关来东京或许本身就是个辩证的选择。我很喜欢书中的一个段落,是从作家的视角对这座城市的回首前尘:

> 到了春天,路上会有很多吸尘机来回,不断吸进尘土。东京就像这样的吸尘机,从日本的每个角落聚集来了很多年轻人。
>
> 黑暗中细长的水管,是通向理想与未来的隧道。一面颠簸,一面雀跃,最后期待战胜了不安。我们的心被无来由的一种可能性吸引住了,认为只要到达那里就可以变成一个崭新的自己。
>
> 可是穿过隧道之后,展现在面前的竟然是一个垃圾场。

雅也的大学生活,不算鲜亮,堕落地混了四年到留级。或许可成为这城市藏污纳垢的明证。勉强毕业，和自己的莫西干朋友拖欠房租，为躲避高利贷东躲西藏。"在自由泛滥的地方，其实根本没有真正的自由，只有貌似自由的梦想。"当得知母亲患癌，他方明白母子二人生命相互着陆的意义。母亲来到东京，作为自己最后日子的归宿。她带来的不是病痛和阴霾，而是十五年前母子相依为命的复刻。是大酱汤与米糠腌菜的香味，热的洗澡水，叠放好的衣物与整理过的房间。"有热气和灯光的生活"中，雅也似乎也在不可思议的暗沉中醒来。母子间形成了某种默契，"感觉像是把那些曾经淡忘的、遗憾的事情，一件一件地弥补过来"。母亲带来的，也有来自乡野的纯朴的处事观，她感受着都市人际的清冷。雅也的助手婉拒了她端来热腾腾的饭菜，为她带来了些微伤害。这或许便是腾尼斯所指的"礼俗社会"与"法理社会"，在所谓人类的文明进步之余所带来的反差，以见微知著的形式生动描摹。

东京一年，母亲的疾病并无恶化。一切似乎"运转良好"，她也逐步融入了都市的生活，甚至获得似是而非的爱情和友谊。然而命运并未太过善意，母亲身上的癌细胞终于复发并扩散。在住院之前，她交代了很多事，唯独没有她自己。母亲最后说的，是有关自己的葬礼。"妈妈一到东京就加入了互助会，从文件上看，是选了费用最低的葬礼，每月三千元,已经存了几十个月之久。"她对儿子说,"完全不用麻烦你,一直在那里挂着名呢。你跟他们联系就可以了。"

这是她走向生命尽头的时候,最后的自尊。

在母亲做化疗的过程中,父亲终于出现。仍然和母亲用家常语气,谈着家常的话题,比如"用再生素后,头发长出来了呢"。电影的版本,面对着分居太久的丈夫,树木希林不着一辞。但是,她脸上神情的微妙变化,却惊心动魄。在被病痛折磨得憔悴的脸上,薄施粉黛,甚而系上了颜色明艳的丝巾。始终是陌生而客气的口吻,微笑地面对这个似在生命中可有可无的男人。距离与矜持,是这个苦难的老年女子,可以理解的体面。然而,看到她病情稳定,父亲当晚决定要离去回筑丰时,母亲竟忽然病危,出现了弥留反应。父亲折返,守了一夜,看她慢慢苏醒,微笑地抱歉。医生这时对雅也说,你的妈妈,是要留住你父亲啊。

母亲去世后,给雅也留下了一只盒子。"请在妈妈死后打开。"里面是有关儿子半生的纪念,巨细靡遗。一只纸袋里是一截干枯的脐带,两份保单给雅也和她未来的儿媳。此时,她不知儿子已经与女友分手。

这个母亲,终日劳作,穷尽一生,只为儿子留下了一缸用来腌菜的米糠和一只小丑面具。在一个阳光明媚的春日,她的儿子按照约定,将她的牌位带上了东京塔。乘着老化的电梯,凝望这座塔所度量的时代。一层又一层,也是母亲的年轮。到达顶端,看着经历的所有。那么近,那么远。

此心安处，逃之夭夭——保罗·奥斯特"纽约三部曲"

许多年前，在我们家所生活的社区，发生过一起案件。我父亲的同事，一个高级工程师，忽然失踪了。两年内，没有任何音信。活不见人，死不见尸。在家人几乎放弃时，他忽然又回来了，与他离开时同样突兀。这时，距他的身份被注销，只有一个月的时间。他再出现时，并不见褴褛。相反，十分整洁。但是脸上，挂着莫测甚至狡黠的笑容。第二年，他的太太就和他离婚了。从此他孑然一身，也放弃了自己的公职。老年后，他成了我父亲的棋友。但仍然对这失踪的两年只字未提。再后来，在参加他的追悼会时，父亲说，他一定是，"过烦了"。

所以，当重读保罗·奥斯特《纽约三部曲》，我忽然想到了这位叔叔。他的幸运之处是，人生并未因为失踪而被覆盖。或幸耶不幸。《锁闭的房间》中范肖这个角色，在他本人的导演之下，他的好朋友"我"取代了他的人生。在假设的死亡之后，"我"成为他文学手稿的经纪人，并令后者一炮而红。此后"我"似乎顺理成章地娶了他的妻子，成为了他孩子的父亲。当"我"为这种平静而安逸的生活甘之若饴时，忽然发现范肖还活着。"我"怀着复杂的心情与这位昔日老友会面，而后者却坚决地不愿回到以往的生活，转而将一本红色笔记本交给"我"。

这样的故事，自然不会发生在中国，中国缺乏这样的生活土壤和想象力。我们似乎太难以决绝地对待自己的逃离。"归来"是一种妥协，也是一种代偿。"团圆"似乎成了某种意义上的文化魔咒。王宝钏十八年的寒窑苦等，等来了薛平贵，也等来代战公主。西安城南曲江大雁塔附近有个五典坡村，据说是寒窑的遗址。窑前还有一座祠庙，祠柱上一副对联，一联写着："十八年古井无波，为从来烈妇贞媛，别开生面。"这是有关性别的吊诡。中国式的逃离，很难彻底。因为妻室附庸的意义，旁的人指指点点，以及被觊觎染指，全都是男子自身的德行缺憾。归来，含有了破镜重圆的意图，也是社会认同的自我救赎。至于"叔叔"之后的离婚，那似乎是另一个故事了。

范肖逃离的两年，没有人知道其中的细节。奥斯特用了一种充满存在主义戏拟意味的表达，来形容那本记录了他失踪期间线索的笔记本："所有那些词句我都非常熟悉，然而，它们凑在一起却又显得非常怪异，好像它们最终是在互相消解……每一句话都抹去了前面一句，每一段文字使下面的文字段落失去了存在的可能。"一个人可以如此完全地逃离，不留痕迹。

相反，奥斯特对追寻者这个角色的设定，显然更为残忍。首先是他必然是个足够不幸的单身汉，或许是为了令他面对怪异的案情，可以轻装上阵。《玻璃城》的主人公奎恩，妻子丧生，鳏居依赖写作悬疑小说为生。而奥斯特的另一部长篇《幻影书》中的主人公齐默教授的处境，更可说是奎恩的加强版，堪称惨绝人寰。他的妻儿三人在一场空难中不幸遇难。并且如若他们不是态度过于积极地赶上这次航班，或可以避免这场灾难。所以，坚执的偶然性成了悲剧的源头。奎恩的委托任务来自一个荒诞的电话，原本是交托给叫作保罗·奥斯特的侦探（作家并非单纯的自恋，事实上，你可以借此看到他庞大叙述策略的轮廓，这个名字可以无处不在，包括作者、人物，甚至读者）。委托人是一个年轻的富豪，祈求奎恩追踪出狱后的亲生父亲，以帮助躲避后者的迫害。然而最后，委托人与追踪的对象双双消失。奎恩成了一个神经质般的守候者。等待的结果已不再重要，过程的消解，呈现出贝克特式戏剧的荒诞底色。

不难发现，奎恩的迷失是一种宿命。这从一开始的身份设定，已十分清晰。通过在命名上扑朔迷离的关系来实现。奎恩用威廉姆·威尔逊为笔名来写小说，小说中的侦探叫沃克，而他冒名顶替的是一个叫保罗·奥斯特的真正的私家侦探。威廉姆·威尔逊也是其来有自，是爱伦·坡小说中互相砥砺的同名者。更有意味的是，当奎恩接近他的追踪对象时，因为他是技术层面的保罗·奥斯特，所以他反以真名"奎恩"作为与老斯蒂尔曼交流的"伪托"。

而在第二部《幽灵》中，命名的符号性更为明晰。布莱克（Black）伪装为怀特（White），雇用了叫作布鲁（Blue）的人。小说有这样一段布鲁的自道：

> 他躺在床上想，再见，怀特先生。你根本不是真实的存在，是不是？从来没有一个叫作怀特的人。然后又是一番感慨：可怜的布莱克。可怜的灵魂。可怜的被毁的无名氏……我们所目睹的每样事情，我们所接触的每样事情——这世上的每样事情都有自己的颜色。

接下来，文中事无巨细地罗列了这三个人名字（颜色）所指涉的事物。蓝色包括蓝鹭、车矢菊、纽约正午的天色、太平洋、蓝绶带陪审团、蓝色法规和色情电影；白色有海鸥、燕鸥、鹳、房间的墙壁和床上床单、休战的白旗和中国人的丧事、母亲的乳汁和男人的精液、无伤大雅的谎言和白热化；黑色包括黑手党、笼罩纽约的夜色、芝加哥黑袜队、污点、黑色星期二和黑死病、黑信、笔尖里的墨水和盲人眼中的这个世界。

奥斯特借此来表达文本意象的多重性与开放性。事实上，他的小说的确呈现出仿若交响乐的节奏。同时类似迷宫的结构，显然取径自博尔赫斯的叙事意图。奥斯特在一次访谈中坦承自己受到了博氏的影响。后者《小径分岔的花园》里的中国间谍俞琛，自身所充满的不确定感，作为象征构成了文本多义性的源头。这的确非常迷人。插一句，这个角色也造就我对悬疑小说最初的兴趣之一。《朱雀》里泰勒这个形象，以中古七音编制曲词，用来传递情报。除去了风雅与浪漫不谈，这一异国间谍的形象，确也是向博尔赫斯的某种致敬。综观奥斯特的小说，多半有着侦探、悬疑小说的外壳，基本的套路是一个人对另一个人坚定地跟踪与追寻。你从中不难发现爱伦·坡等人的印记。但他又无时无刻不在消解这个结构。任何的事件逻辑，步步为营，由因导果的企图，在小说的最后皆被虚无化。案情因为一连串的偶然或者冥冥中的力量，发生了异变，使得探查者这个角色逐渐地步入窘迫，成为一个被操控的被动角色。在《玻璃城》中，老少斯蒂尔曼成为对位式的压力，而《锁闭的房间》的整个故事，则由头至尾被失踪的范肖所推动。奎恩与"我"，则成了傀儡一般的棋子，在布控的棋盘上且行且进。然而，这局棋因为结尾虚空的一笔，满盘奇诡，是没有任何复盘的可能的。

或者这就是保罗·奥斯特，一个孤独的侦探，在纽约清冷的街道上，竖着大衣领子，郁郁而行。这时候，你看他忽然回过脸，是一双略带惊恐的、疲惫而无力的眼睛。只是一刹那，你还未看清楚，他就又回转身去，一点点地消失在熙熙攘攘的人群中了。

第四章 格物志

被收藏与被精简的时代——谷崎润一郎《阴翳礼赞》

记得旧年出了一件事，九龙区的"时昌"迷你仓发生四级大火。烧足三十四小时，未熄。火势并不大，但因为现场楼层的储物仓如同迷宫，物件纷纭。一星之火，处处燎原。其间两名消防队员不治殉职。惨剧甫定，香港人再次检阅自己的日常生活。"迷你仓"着眼于"迷你"，是港人在地发明。地少人稠，空间逼狭。诸多鸡肋之物，留之无用，弃之可惜。如此，便租借工业区或海傍的小型仓储，摆放这些物件，租期一年至数年。我识迷你仓，是当年在港大读书时。毕业的师兄姐，有如默契，将办公室的各类书籍打包，纷纷存放于斯。回归家庭本位后，对书籍封锁致哀，如天人两隔，永不相见。也有不甘心的人。香港曾有家文化地标式的书店，叫"青文书屋"。书店终因付不起高额租金倒闭。老板是爱书惜书人，舍不得，便将书运至海边仓储。时时探望整理，有如对家人，想想是悲凉的浪漫。是年除夕，他照常去海边仓库理书。但是，彻夜未归。第二天才被家人发现，已然倒毙在仓库，尸身上是累累的旧书。原来书架不堪重荷，轰然倒塌，竟做了他不朽的新年坟茔。这件事当时在香港文化界轰动一时，有如寓言。说起都是唏嘘，仿佛知识阶层的谶语。

归根结底,是关于人的"物念"。最近看了本书。作者年届三十六岁,名叫佐佐木,是个自认生活失败的出版社编辑。然而某一天,他有如醍醐灌顶,人生云开见月明。他的人生转折很简单,全在实践"断舍离"。而在此之前,他是个连一张写着电话号码的便笺都舍不得丢弃的人,认为只字片纸,全是时间见证。东方人惜东西,世界闻名。中国人爱储物,多大鸣大放,美其名曰"压箱底"。老式的中国家庭,谁家里没有一口与岁月同声共气的樟木箱,内里铺陈数条"国民床单"。母亲往往是中坚角色,自嫁入夫家,便开始储。生了男丁储彩礼,弄瓦之喜储嫁妆。到了大太阳的夏天,喜气洋洋地晒霉,看着满目琳琅,人生都有了指望。十八年后,再搬出一坛"女儿红",便是储物的高潮至境。

若说储藏,老辈人相关的记忆,是器皿。少年时,在外公家里见过一只罐子。外公家里有许多旧物,见于日常。记得的,有一只筐箩,黄铜丝编成的,十分精致。里头放着各种针头线脑。这是外婆的陪嫁。以往的老户人家,重女红的培养。这筐箩说是明末的物件,一代代下来。奇的是,筐箩上镌着"耕读传家"四个字,是训示男子的。怕是当时对出阁的要求,除了尽自己的本分,还要做好男人的督导。但我外婆是读新书的大学生,志不在此,这筐箩没有碰过。倒是到母亲一代，要学工学农。从学校出来，我舅舅学的钳工，往后的几十年因这特长有许多的奇遇。三姨学的针灸，后来下乡时候，走街串巷给人做赤脚医生。人生得美，给村民叫"西施郎中"。母亲是长女，那年高二，担起了照顾一家人的责任。她学了裁缝，会给弟妹做衫裤，会拆了劳保手套织线衣。这只笸箩，便被她翻出来，用上了。如今年纪大了，一见这笸箩还会念叨，像是说起故人。

有只罐子，却没有来处。陶制的，上了黑釉，搁在西屋里不起眼的位置。因为这屋子本光线不好，就融进了灰扑扑的背景中去。记得我长大后，家里人夏天尚有晒霉的习惯。外公的线装书，一字排开。太奶奶的毛氅，从老樟木箱子里拿出来，有呛人的味道。全家都在忙活，那时有个小辈的远亲住在家里，也来帮忙。不知怎的将那只罐子捧了出来，对外婆说，舅母，这个坛子腌咸菜蛮好。一向和蔼的外婆听了，当时就变了色，厉声说，小孩子怎么乱说话。然后将罐子夺过来，毕恭毕敬地放回原处。低着头默念了一会，才离开。这一幕于我印象太深刻。或许是这仪式感稀释了好奇心，让我敬畏。竟从未想过打开那罐子看一看。后来写一个长篇，是关于二十世纪的家族故事。寡言的外公，有一天交给我一卷旧俄的货币，叫"羌帖"。是他少年时代搜集的，装在一个哈德门的铝烟壳里。如今，在自己家，仍可见母亲将各种证件、杂物整齐地归拢在了各种糕饼盒子里。那个时代走来的人，总是对各种器皿有着不寻常的感情，爱惜甚而眷恋，不忍丢弃。这里头埋藏的东西，怕是也说不清。

过年前夕，陪母亲整理旧物。仍然惊异老人对存储与分类的擅长。一个家族的延转，经过岁月几轮的流徙与淘洗，遗留的便是这家族格局的缩影。除了必备的日用品，大多是文字资料与照片。我一直觉得，艺术家气质的父亲，娶了母亲何其幸也。母亲是理工科的教授，星座是处女座。她对数据的看重，以及对生活的严谨与整饬，成为日后整理我父系家族资料最令人心安的依持。母亲的专业是工程数学，艺术的审美，未必是她的强项。但她如此耐心而坚定地，以自己的逻辑，将祖父的手迹、画作分门别类。按照题材、年代甚至兼及装裱风格，无一处不妥帖。每每打开箱子，看到满目琳琅，有一种清晰的秩序，是令人动容的。并且，母亲隔段时间，会对这些整理做出调整，依据自己新的理解。这理解往往是来自家中的书信。祖父有不少书信遗留。母亲在这些书信中，能发现新的线索，去厘定一些先前收藏的盲区，比如祖父未有题款的作品。这使得她的储藏，总带有一些新鲜与精进的意味，因而乐此不疲。我的祖父母早逝，母亲没有许多服侍翁姑的经验。良善如她，总觉得这种对遗物的整理与收藏，带有弥补对长辈欲养而不待之遗憾的意味。

有朋友就说,日本人惜物但不惜旧。所以去日本淘古器珍玩,古着衣物,总有意外收获。这或是另一种爱惜,所谓分之与人,物尽其用。日本人的爱惜,很微妙,仪式感很强。有时着眼于一个"藏"。谷崎润一郎,写《阴翳礼赞》,首篇写日本的家居,也写日本人的纠结和"死心眼儿"。明治维新之后,日本站在东亚现代化建设的潮头,却处处将"新"与自己作对。谷崎便写同胞为了惜护自己所谓的"日本风格",几乎以现代感为耻。想尽办法,将一根电话线藏到楼梯背后,走廊一角。电灯的开关则藏在壁橱下面,电线扯在屏风后。对"新"的爱恨交缠,全源于那点守旧的国民性。

数十年后,日本人自然不再抗拒现代的奇技淫巧。物极必反,却为外物所役。当今极简主义革命,佐佐木们终于出现,那就轻装上阵,重拾人类尊严。书中写得很有趣。列举丢弃清单,附赠心态纠缠。丢弃组合音响所有 CD,告别附庸风雅,装 13 终结。价格昂贵的不合身衣物,想着瘦下来再做战袍:岁月如伺,妄想维止。储在硬盘中的成人动画:大欲不存,勇气可嘉。种种种种,都在对抗一个永远的生活迷思"这个还能用,说不定哪天我会用到"。好吧,"Less is More"至"Less is Future"。一线之隔,羽化登仙。别想着多多益善,六套衣裤穿一年。浴室里，一罐洗洁精、一条毛巾，再无赘物。佐佐木们的原则：丢东西后改变我的十二件事。但饶有意味，竟有三件关于他人：不在意他人的眼光，不害怕他人的眼光，不与他人比较。可见，所谓"拥有"的幸福，是外物所奴役的根源，也是囿于他人的咒语。赫希（Fred Hirsh）所称 Positional Good 当如是。"当我在一个晴朗的早晨醒来，上蒂凡尼去吃早餐的时候，我愿意我还是我。"卡波特笔下的年轻灵魂，尚知憧憬铅华落尽后的自己。人生开阖，万物褪藏。说到底，百年归后，皆是一具皮囊。

古来世居于此，将来亦永驻不动——三岛由纪夫《金阁寺》

许多年前，一个长辈给我讲了"南泉斩猫"的故事。当时似懂非懂，只感到这个故事，有着某种残忍的魅力。后来，在《金阁寺》再三读到这个故事，方知道它的出处来自《碧岩录》。觉得极玄妙。一只猫所代表的欲望诱因，以不可思议的方式被斩绝。这本小说中，数次有关于此的思辨。猫的隐喻，已超越了自我的迷妄与欲念，而成为美的凝聚本身。"它可委身于人，又不属于任何人。"如赵州的智慧，参透对它的消灭，也只可流于形式。以一种武断的方式斩断了一切矛盾与对立，但这只是表象。物质的毁灭而留精神之永存。《金阁寺》的主人公沟口，终于得出了结论：美是怨敌。

因对这部小说的念念不忘，在某个夏天，我到达了京都。以参访的心情来到了金阁。面前的它，太过堂皇与辉煌，与周遭的松柏与静水，形成了莫名的壁垒。而我想象中的金阁，是可以它的光芒，泽被周遭的。我同行的一位朋友在看他用单反相机拍下的预览。他说，照片上好很多。看实物，觉得美得很假啊。我忽然觉得，这个朴素的评价，其中的"假"字十分传神。或许正是金阁的意义。它的美，出于某种虚幻的意念，一个被现实摹写的海市蜃楼。镰仓时代的金阁寺，被学僧林承贤烧毁。

我们所看到的是 1952 年的重建。理论上比历史旧存的金阁更为奢华，一改过往只有最高层"究竟顶"贴金箔的旧貌。而将二楼镰仓时期的"潮音洞"也贴满金箔。然而，十年后，这些金箔脱落露出了下面的黑漆，类似某种回归本质的谶语。

"美是怨敌"，这或许构成了金阁与主人公沟口相爱相杀的主线。三岛由纪夫如此执着对小说原型人生的复写。家住舞鹤，偏远寺庙住持之子。口吃，丑陋，有一个强硬浪荡而不知所措的母亲。他带着父亲给予他的幻像，入驻金阁寺。金阁的美如此顽固地对他造成压迫，高屋建瓴地俯视与提醒着他人生的不堪与丑陋。这是命运难解的谜题。在现实中，我们不断面临着对美的悖论，亲近与抗拒几乎成为镜像的一体两面。想起晚近获得奥斯卡奖的影片《宠儿》，有关斯图亚特王朝的最后一位女王安妮。她强势，依赖她的情人，同时任性乖张。她坐在轮椅上，凝望为她举办的舞会。在人们的载歌载舞中，情绪经历了欢欣、黯然至愤怒；在窗口，她不经意听到花园中宫廷乐师的演奏。这是一场刻意的取悦。然而女王脸上刹那的惊喜、沉醉旋即而逝，代之歇斯底里的驱赶。是的，所有的美，对女王是悯悯的威胁，在残忍地刺穿她强大的画皮，展示其不幸与缺憾：受着痛风的折磨、不良于行；丧夫、连续十七个孩子夭折；无数有关权力的觊觎，都在此刻如针芒在背。这是不可一世的强悍女王,面对美的惊慌失措。遑论沟口,一个自知缺陷的小和尚在金阁前的无力。

然而,二战战局的恶化,京都岌岌可危。战火迁延,将被波及的金阁面临毁灭,无形间拉近了与沟口命运的距离。"烧坏我的火,也定会烧毁金阁,这种想法几乎令我陶醉。"真实的金阁与虚幻叠合,以一种同归于尽的壮美连结了这个年少僧人的心象。

> 这建筑物的不朽压迫着我,阻隔着我,然而,不久将被燃烧弹的火烧却的它的命运,却向我们的命运贴了过来。也许金阁会先于我们毁灭。这样一想,金阁就仿佛是和我们经历着同样的生……
>
> 此后至战争结束的整整一年,是我同金阁最亲近,最关心它的安危和沉湎于它的美的时期。说起来,这个时期,是我能够将金阁拉低与我相同的高度,并在这一假定之下无所惧地爱金阁。

赴死成为沟口唯一与美无间的共性,而抹煞了他的自卑,考验与锤炼着他的心性。他似乎需要的只是耐心。然而此时,出现了至关重要的两个人,对他造成动摇。鹤川与柏木,是沟口的大学同学,事实上担任了他明暗两极的导师。二者在小说中形成写意性的对位关系。鹤川出身富裕,单纯明朗,对世界充满了善意和包容,将人性翻译为他所理解的真醇温柔。柏木则阴沉不定,在自身的缺陷中寻找存在因由,对现实还之以睚眦。书中,三岛以"炼金术"指代其二人对于沟口的影响。

> 我觉得鹤川是个精通炼金术的师傅,仿佛可以将铝炼成金。我是底片,他是正片。我的混浊的阴暗感情,一旦经过他的心的过滤,就一无遗漏地变成透明的、放射光芒的感情……
>
> 柏木却第一次教我一条从内面走向人生的黑暗的近道。乍一看,仿佛奔向毁灭,实则富于意外的权术,能把卑劣就地变成勇气,把我们通称为缺德的东西再次还原为纯粹的热能,这也可以叫作一种炼金术吧。

随着鹤川的自杀早逝,斩断了沟口与"白昼的光明世界"的连结。柏木在二者的较量中占据上风。"我所有的潜在的感情,所有邪恶的心理,都受到他语言的陶冶,变成一种新鲜的东西。""美是怨敌。"沟口的这一结论,正来自与柏木之间就"南泉之猫"的论辩。柏木说:"我对自身的存在条件感到羞耻。但和这个条件和解,与之和平共处,则是我的败北。"相对沟口，柏木一双"内翻足"，是个更有明显残疾的少年。然而，他却在所谓正常人的审视下，确定了自己独特的生存逻辑。"残疾人和美貌女子都是疲于被人观看的存在。他被穷追，就是存在回看观看者。"他夸张与自傲于自己的缺陷，进而以之为武器，反客为主，去疏离与玩弄世人于股掌。"内翻足是我的生存条件、理由、目的和理想，也就是生存本身。"沟口目睹了他以弱化与丑化自身，获得了异性的同情与青睐，又毫不犹豫地将后者抛弃。他的野心，也包括与"美"的角力，甚至是对沟口与金阁的关联的某种离析。其一，他唤起沟口对性的渴求，希望以之取代与覆盖金阁的存在。然而，金阁以它固有的强大，"短暂地取消对我的疏远，而亲自化作这一瞬间来告诉我，我对人生的渴望是徒然的"。无论是面对房东女儿，抑或美艳的插花师傅，金阁横亘在沟口与其欲望之间，以美的永恒存在，"阻碍"与"隔绝"了沟口的人生。其二，柏木送给沟口的那支尺八，使其意识到："美是娴熟。"而这美与短暂的瞬间相关，因音乐稍纵即逝。柏木的审美和永恒砥砺，他爱的只有音乐与数日枯萎的插花，而厌恶建筑与文学。"吹奏者造就这种短暂的美，宛如蜉蝣似的短命的生物，生命本身完全是抽象的，创造的……柏木奏罢《御所车》的瞬间，音乐这个架空的生命消逝了。"柏木在空气中造就了美，喜爱的是"美的无益，美通过自己体内却不留下任何痕迹，它绝不改变任何事物"。而当沟口同样熟稔及享受于音乐的演奏，他发现，金阁未有如常在他"企图化身为人生的幸福和快乐"时，阻止他的化身，而是容忍了他的"陶醉和忘我"。这令沟口因之对音乐这一"生的赝品"兴味索然。

在一次窥测了住持老师的情事，而被排挤驱逐后，沟口终于决心以己之力改变金阁"不灭"的实体。在无望战乱之灾的殃及，他选择亲自烧毁金阁。如同猫之于僧众，于他仿佛异己的金阁，如执念绝妙而不合时宜。唯有毁灭，成心象幻影，方得精神永存。历史上金阁的毁灭，是对日本国人极大的触伤。据悉《金阁寺》付梓前，评论家中村光夫曾劝说三岛"不要写第十章烧金阁寺的场面"。三岛拒绝道：做爱到一半中断，对身体是有害的。

"是年夏天的金阁，以噩耗频传的战时黑暗为滋养，显得更为生动和辉煌。六月间，美军在塞班岛登陆，盟军在诺曼底田野上驰骋。参观者人数也明显减少了，金阁似乎愉悦于这种孤独，这种寂静。"论说《金阁寺》，总绕不过三岛处理历史的微妙。二战的喧腾与战后颓圮，所有的激烈隐现山水之间，聊作背景。又或者说，金阁的存在与否本身，便是有关历史的谶语。它冷眼于此，面对一切欲念与愚妄，"古来世居于此，将来亦永驻不动"。

我们以气息辨认彼此——帕特里克·聚斯金德《香水》

聚斯金德是我偏爱的作家,大概在于他一直保持着写作与出版的节奏。遁世和媒体间的距离,几乎形成了某种腔调。把握他的写作轨迹,亦非难事,因为他的低调与低产。最初读他的作品,是台湾版的《鸽子》,作者译名是近乎可笑的"徐四金",这是个充满了台味的乡土名字。小说文字却是莫名的流丽与熨帖。其实情节十分简单,写一个墨守成规的银行看门人,过着枯燥而与世无争的生活,忽然被一只鸽子所侵扰,方寸大乱的故事。不知为何,被这个可怜人的卑微莫名击中。再后来便是《夏先生的故事》,以孩子的眼睛,写成人的孤独。那句著名的台词"请让我静一静",有如铭刻。总觉得,这些作品,从某个层面是聚斯金德自身的写照。灰暗、洁净,带着轻微的社恐。

然而,其最具知名度的作品,大概是《香水》。这让他在中国暴得大名。但我总觉得这并非典型的聚斯金德。大约因为它喧哗而瑰丽,充满了物欲流淌、高潮退却的痕迹。读完这部作品,会像是在沙滩上,喘息不止的一尾鱼。当然,这部作品的世界知名度,或拜电影所赐。文字的密集绚烂,曾吸引了《闪灵》的导演库布里克。但他最终放弃了,因觉得自己力有不逮。二〇〇六年,小说终于被搬上了银幕,操刀者是汤姆·提克威。曾拍出《云图》的伟大的提克威，致力而作的只是一部差强人意的电影。并非是没有自知之明，而是，《香水》实在是一个影像的陷阱，因为，这部小说的主角是"气味"。

在《香水》中，反复出现的一个词汇，"王国"。这已决定了小说必然呈现的是迥异于现实的平行世界。在这个王国中指挥方遒的，是出身卑贱的调香师让－巴蒂斯特·格雷诺耶。调香师，日常所见是边缘地带的神秘职业。我们对其想象，总是带有着异能的成分。我的朋友里，恰好有一位调香师。最初的结识，因是我的读者，而对小说中有关美食的片段感到兴趣。这实在是一种机缘。因为食物气味的落地与民间，可以化解一切不食烟火的想当然。出于好奇，我自然向他请教过一些专业问题。比如如何改善嗅觉的灵敏度，而不仅是依靠大众层级闻咖啡豆的方法。后来，我写过一篇有关香水的小说，为一个杂志的圣诞特刊，叫作《午夜飞行》。这款古早版的香水，是"娇兰"与《小王子》作者艾修伯里的一次哀伤联姻。所以小说背景必然是灰冷的平安夜，其中有这样一段文字："好吧。气味与人，有自己的逻辑，类似一种可预见的顺理成章。比方 Germaine Cellier 的手笔 Bandit，硬朗不羁，与 fairy lady 无缘，To Have and Have Not，需以皮革压阵，绝处逢生。Serge Lutens 的 Féminité du Bois，骑鹤下扬州。孤寂落寞的招魂术，好似资生堂时代的山口小夜子。'午夜飞行'的主人，气质应有厚度，并非暗夜妖娆，而是曾经沧海。"不可否认，这篇小说有向聚斯金德致敬的成分。说到底，写的是由气味对人的辨认。或者说，气味从某种意义上而言，是人的另一种存在与轮廓。而香水，则是对其魂魄的虚拟。

《香水》中，格雷诺耶是个天生没有气味的人。他出生在十八世纪臭烘烘的巴黎。没有彻底的工业化，没有健全的法治，资本主义萌芽经过了近三个世纪的发展，已经改变了这个城市的气息。这城市生机勃勃，同时臭得活色生香。格雷诺耶生在臭气熏天的鱼档，被生母遗弃，命运几经辗转。然而，在他还是个婴儿的时候，就令人恐惧，因为他没有正常人的气味。换句话说，对其无从辨认，像是没有影子的人。这自然令人联想起浮士德与魔鬼的交换。是的，作为交易，上天令其天赋异禀，有一个才能卓绝的鼻子，可以辨认这个城市中上千种气味。这是传奇的开端。也是《香水》这部小说，在十九世纪的经典叙事的外壳之下，感受包藏其中现代小说的锋刃。这是一个残缺的天才寻找"存在"的故事。他并不具有"人类因累积多时的污秽而产生的腐烂气味"。这为他的人生带来焦虑也带来了动力。他既为世俗的世界所抛弃，必然要重新建构另一个世界作为对自己的补偿。而他的人生轨迹，包括对他人的影响，都可视为达至这一终点的副产品。小说中称他似"扁虱一般活着，靠一滴经年的血便可活下来"。这决定了他某一种寄生的属性，又犹如某种诅咒，当他完成某个人生阶段，被他寄生者，从其生母、育婴堂加拉尔夫人、制革匠格里马、香水制造商巴尔迪尼和埃斯皮纳斯侯爵皆不得善终，如同某一种黑暗死亡的接力。而其中有一根游丝一般的链接，就是气息。

这其中，包括他拯救了日薄西山的巴尔迪尼的香水作坊。巴尔迪尼处心积虑仿制对手的作品"阿摩尔与普绪喀"，反复研究分子式而终年未得。然而初次上门的格雷诺耶，以十分笨拙的方式，调制出了成分复杂的香水，并且令它的品质得以升华。他不懂得所谓合成的规程，不按牌理出牌，他仅凭嗅觉与触感，便研制出了极品。然而，蒸馏取香的尝试失败之后，他身染恶疾，却在垂死之时得到训示，几近神谕。在满师之后，他徒步去了南方，在荒山穴居七年。这一情节，十分吊诡。表面看，格雷诺耶餐风露宿，卧于坑道，犹如苦行。但是其内心却以气味开枝散叶，建造庞大的王国。"在这期间，外面世界发生了战争，而且是世界大战，在西里西亚和萨克森，在汉诺威和比利时，在波希米亚和波莫瑞，人们互相打着。战争使一百万人丧生，使法国国王失去了殖民地，使所有参战的国家损失了许多金钱，以致它们最后终于沉痛地决定结束战争。"然而，格雷诺耶只是静静地躺在自己性灵的宫殿，不知有汉，无论魏晋。最后，他在类似天启的时刻惊醒，意识到和世界的壁垒，是因为自身毫无气味，这使得他恐惧，而再次走向了人间。

可以说，他所谓的新生，顽强地锻造，不过是又一次寻找认同之路。通过气味寻找自己，或者，制造出可物化自我的气息。他在小城格拉斯驻足，连续地杀害少女，以油脂提取她们身上的香味，制造出可幻化人形的香水。人肉体已失，气味永存而弥散。这是格雷诺耶的逻辑，他因而心中丰盈。在罪行败露后，行刑台上，格雷诺耶再次以气味行使神迹。似火的仇恨，变为无边的欲望。他享受着万人的顶礼膜拜，在迷离中接受香味的洗礼。

这是一部，你很难以道德原则做衡量的小说，因为它以物化的味觉，建造了另一审美时空。如此庞大绚烂，又如此不堪一击。格雷诺耶是一个残暴的天才，也是时代游丝一般坚韧的链接。他从气味中来，再让自己在气味中粉身碎骨。如同那一抹似有若无的足迹，尘归尘，土归土。

你真是个人云亦云的人——安伯托·艾柯《带着鲑鱼去旅行》

若干年前的一个台风天,我被困在香港机场。百无聊赖,开始刷社交媒体。凌晨三点,万籁俱寂。除了一两个夜猫子,就着红酒拍摄伤心夜色,并无其他好景。这时,忽然刷到一座教堂。黑黢黢的墙体上覆盖繁茂的常春藤,还有明亮天空中的流云。标题是,敬艾柯。这是一个记者朋友。我于是留言:艾伯巴赫修道院?她回了一个笑脸,对啊,玫瑰之名。现在阳光好极了。

没错,这是电影《玫瑰之名》的取景地。以后提及艾柯,我总是想到这一幕。他的小说,似乎天然与时间差相关。白天与黑夜,互相不了解。在书中,并没有阳光,只有动机离奇的谋杀案。《玫瑰之名》的调性,是阴冷的。关于对知识的敬畏、保护与毁坏。同时也惧怕人性本身。

正是这个阴冷的对毒药钟情的符号学家,在完成了阴森费解的侦探小说后,又出版了《带着鲑鱼去旅行》,你会怀疑这个艾柯存在的合理性。这简直是一本日常吐槽大全啊。一个轻松、不羁又斤斤计较的怪老头,一个人的吐槽大会。当然了,一切吐槽的开端,源于自己的名字。或许就是为了颠覆那个面目严肃的艾柯吧。"从小,人家就老用两件事嘲笑我——我统共也就这两个把柄——第一,'你真是个人云亦云的人呀。'第二,'你不就是山里的啰啰喂吗。'"这篇叫《生命不可承受之俗》的文章,展示了令人难堪而无奈的事实,只是因为艾柯的名字(Eco)有"回声"之意。他收集了"几乎包括了所有印欧语系语言"对自己的书评标题,无外乎"艾柯的回音""回音的回音"甚至"回音的回音的回音"。艾柯认为,将显而易见的事,当作来自上天的灵感,是因普通人执着于所谓"观念",无论这个观念多么微不足道。别的不说,有关姓名的评估,令我感同身受。多数陌生人听到我的名字,立即心领神会地说:"啊,缺了一个'朱'啊,你为什么不姓'朱'呢。这样你就可以叫'诸葛亮'了。"这其中的逻辑漏洞,其实不言自明。但是看着对方兴奋的表情,我实在不忍扫兴。其中一些还是长辈,当他们听说了家母的确姓"朱",便露出了恍然大悟又得逞的微笑,仿佛一切顺理成章。我的人生被恰到好处地规划了,而他们不过是举重若轻的先知。

所以,在这本书里艾柯化身日常达人,对周遭看不顺眼的人事,可谓马力全开。多半是对各种体制的嘲弄。《带着鲑鱼去旅行》一篇,写的是酒店电脑作业系统的僵化以及对人的奴役;《补办驾照奇遇记》,针砭政府机构的效率低迷,人浮于事;《空中的吃喝》说的是飞机上的餐饮与餐具的不人性化,为乘客带来的狼狈。《财产清单编制窍门》则写大学的学院政治导致的烦琐官僚手续,引发的资源浪费。

艾柯是个善于讲道理的人。好在口气四两拨千斤,讥诮随性。你并不感受到其中强烈的愤世嫉俗的意味。他的幽默多少消解了话题的沉重。《玫瑰之名》中有一句话,"热爱人类的使者所执行的使命,就是让人们对真理大笑,或者让真理自己发笑。唯一的真理就是学会解脱对于真理无理智的狂爱"。这本书以补注的形式,对以上观点做了精准的诠释。

对于日常场景,他有着令人会心的判断和概括。比如在《出租车司机相处须知》里,有这样一段话:

在意大利,出租车司机通常分为三大类:全程大放厥词型;通过沉默驾驶宣告愤世嫉俗立场型;不断描述其碰到的这个或那个乘客以纯粹叙述进行自我减压的那种类型。

基本上,这是放之四海而皆准的定律。更重要的是,一般遇到的往往是第一种类型。相较艾柯所描述的各个种族司机的奇葩行径,我觉得自己算是十分幸运。我在柏林遇到过一个出租车司机,他告诉我,开出租车只是为了消遣,他拥有哲学博士学位,却厌倦一成不变的生活。所以他谈论的话题非常广泛,可以从胡赛尔一直聊到孔圣人。但这不代表他不接地气，他向我推介了几家餐厅，都很经得起考验。尼斯的司机，循环地谈论马克龙太太出席不同场合的衣服款式和颜色，但对总统本身，则没有任何议论，打开音响播放威尔第以表明自己沉默的立场。我遇到米兰的女司机，花了很大力气将首都罗马人贬低得一无是处。她给我看她弟媳的照片，说真不可想象这个"土肥圆"怎样俘获了弟弟的心。这个场景，让我想起中国现代文化史上有名的"京海之争"，确是不共戴天。其实我很喜欢北京的司机，因为坐一趟出租车，基本等于参加了十个本地朋友齐聚的饭局。大到国是，小到天气，可以在最短时间内，最有效地对我进行知识更新。

这本书里，还有一篇《面善》。实在是让人心有戚戚。说的是你在大街上遇到很面善的人应该如何处理。因为你既想不起他的名字，也不记得在哪里和他见过面。"但是，那张脸实在是太熟悉了，熟到我觉得不停下来跟他打个招呼就很对不起自己的良心。"事实上，教养良好的我们，通常不至于不知所措，而企图为自己的失忆圆个谎。此刻，我们每个人都成了推理高手和算命大师，希望从蛛丝马迹中和对方重拾旧好，而又不至于被看出破绽。如艾柯所展示的心理活动："要不先发制人？叫他一声，招招手，然后从寒暄中努力寻找出线索，最后断定他是何方神圣？"但这篇文章的有趣之处在于神转折。这个面善的人，其实并不是你的故交和亲朋。他只是一个从未和你有人生交集的电影明星。"难怪我们会如此熟悉他们的音容笑貌，有时候，熟悉的程度简直超过了我们的亲戚。"因此你平白无故地想和他打招呼，艾柯写了自己的悬崖勒马。"我克服了自己的热情，与他冷淡地擦肩而过，把眼光投向无限的虚空。"但这个转折，多半在中国是不成立的。哪里有这样平易近人，没有助理和保镖，可以让人随意近身的明星呢。

艾柯的另一些文章，则有警示之功。让我们检视自己貌似正常的生活。比如他写到自己一段很拉风的经历。去挪威的斯瓦尔巴群岛研究邦加民族。他很惊异的一点是当地人的语言艺术。他们似乎完全不懂得什么叫作话里有话，或者绵里藏针。他们在任何的对话和行为中，都如同发表人权宣言。要求开门见山，振聋发聩。比如，在开始交谈时，他们会宣布，"我开始说话了"。比如请客吃饭，他们带你就座会隆重地介绍，"这是桌子，这是椅子""现在介绍女仆，她会问你要吃什么，然后你告诉她你要吃什么，然后她会端给你"。换言之，邦加人的巨细靡遗充分说明，他们似乎不太清楚约定俗成或顺理成章的意义，甚至他们在电视里播放严肃的政治清谈节目，忽然绅士派头的嘉宾头一偏，说，"我们来段广告吧。现在对着我们的摄像机是某某型号的"。艾柯认为邦加人之所以将不用言传的事情如此夸张地展示,在于他们"爱表演"。但是,我却觉得,这种方式之所以被接受,恰恰构成了一种坚固的社会契约。这个契约的核心是互信机制。因为只有说出来,眉清目楚,才是对听者负责任的行为。而我们平时太相信所谓心领神会之说。邦加人的生活方式,无形间将可能带来伤害和隐患的人际灰色地带,杜绝了。

此外,艾柯也向我们介绍了一些生活的技巧,比如《废物大全》,借一次飞行经历上接触的航空导购读物,吐槽了一批华而不实、巧立名目的所谓新产品,比如"无敌防呼噜表""十全十美功能毯""调味料自动选择器""神奇万用记事本",无不是在逻辑上左右互搏、化简为繁的物件。这一篇很值得我国崇尚断舍离但同时沉迷某宝购物的朋友们读一读。另外,还有一篇《色情电影真谛》,得承认,艾柯在这一篇委婉地开了黄腔。但一个带着学究气的老司机,还是蛮可爱的。他最终为情色艺术片和色情片,设定了鉴别的壁垒:如果角色从 A 点到 B 点花费的时间超出你愿意接受的程度,那么你看的那部电影就是一部色情片。

最后想表扬一下这本书的译者。很好地传达了艾柯的幽默,又实现了入乡随俗的发挥。比如标题《可找到组织了!》。又比如谈及标点符号的滥用,非常机灵地引用了李白、鲁迅和顾城的作品。至于在讲到一些看起来很科学,但有着拾人牙慧实质的尴尬药品名称,将某个意大利药品翻译为"泻停封",便是很让人捧腹的恶趣味了。

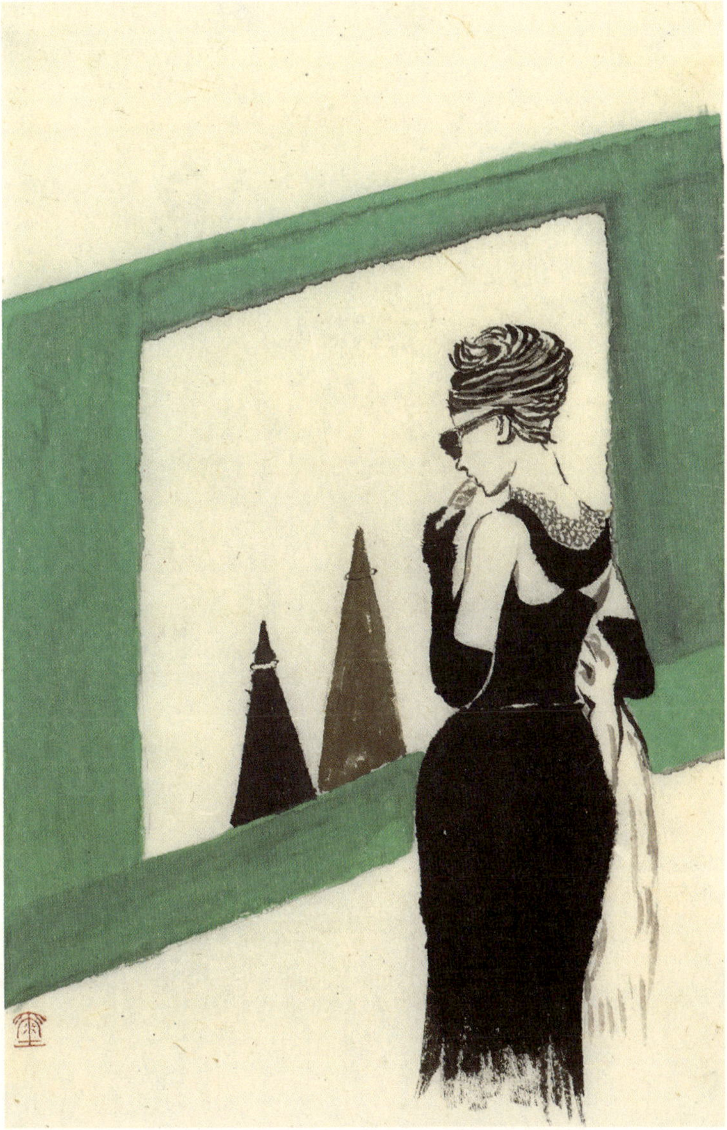

魚翅

與花椒

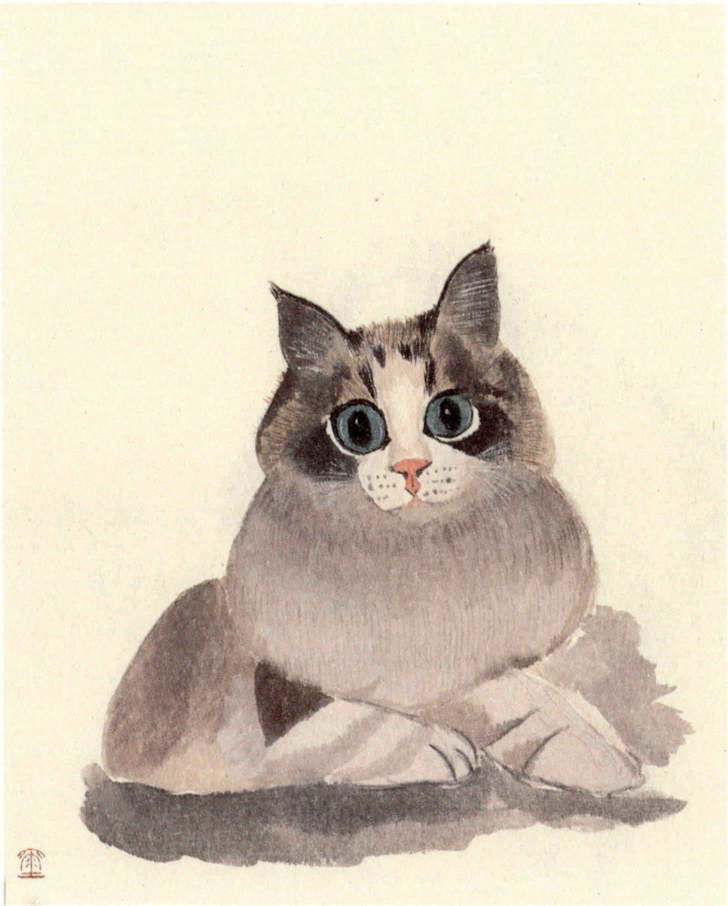

徽州毛豆腐

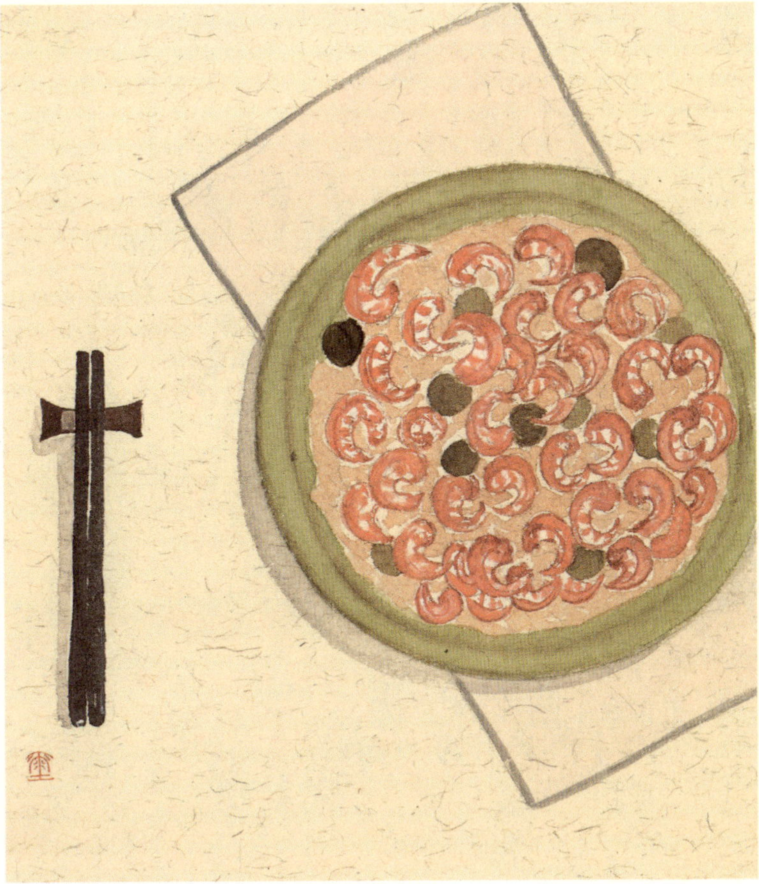

活珠子。

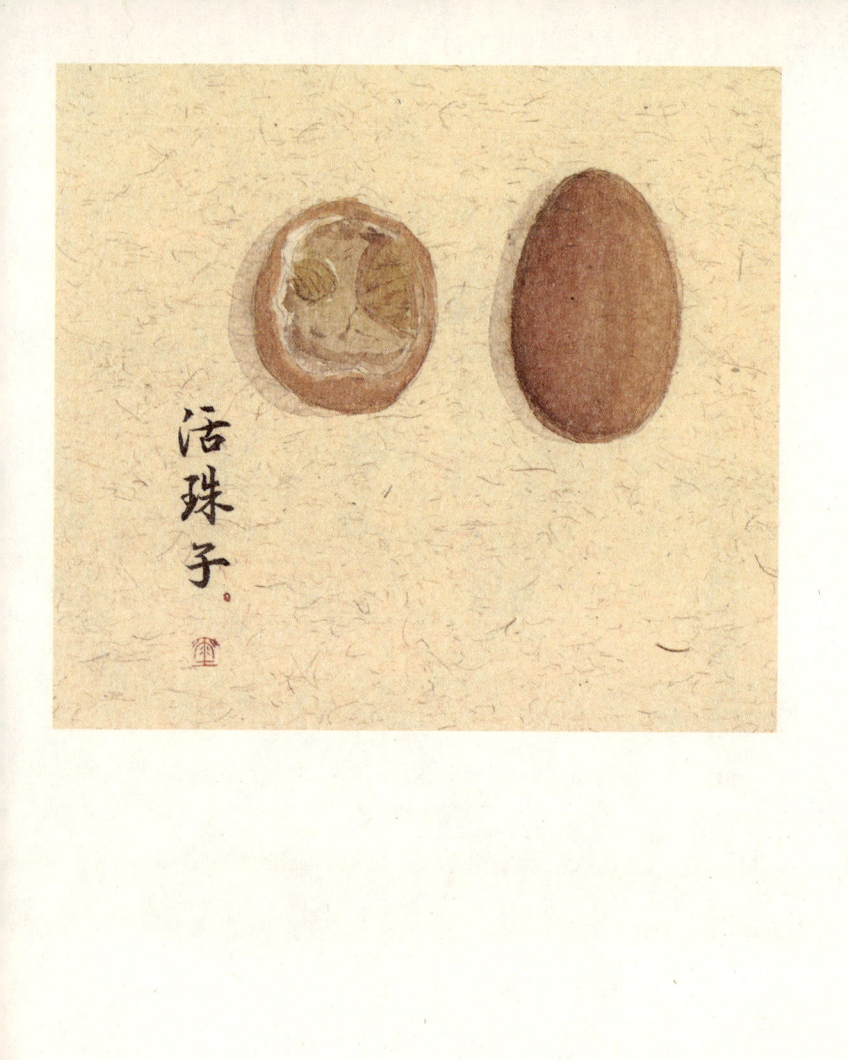

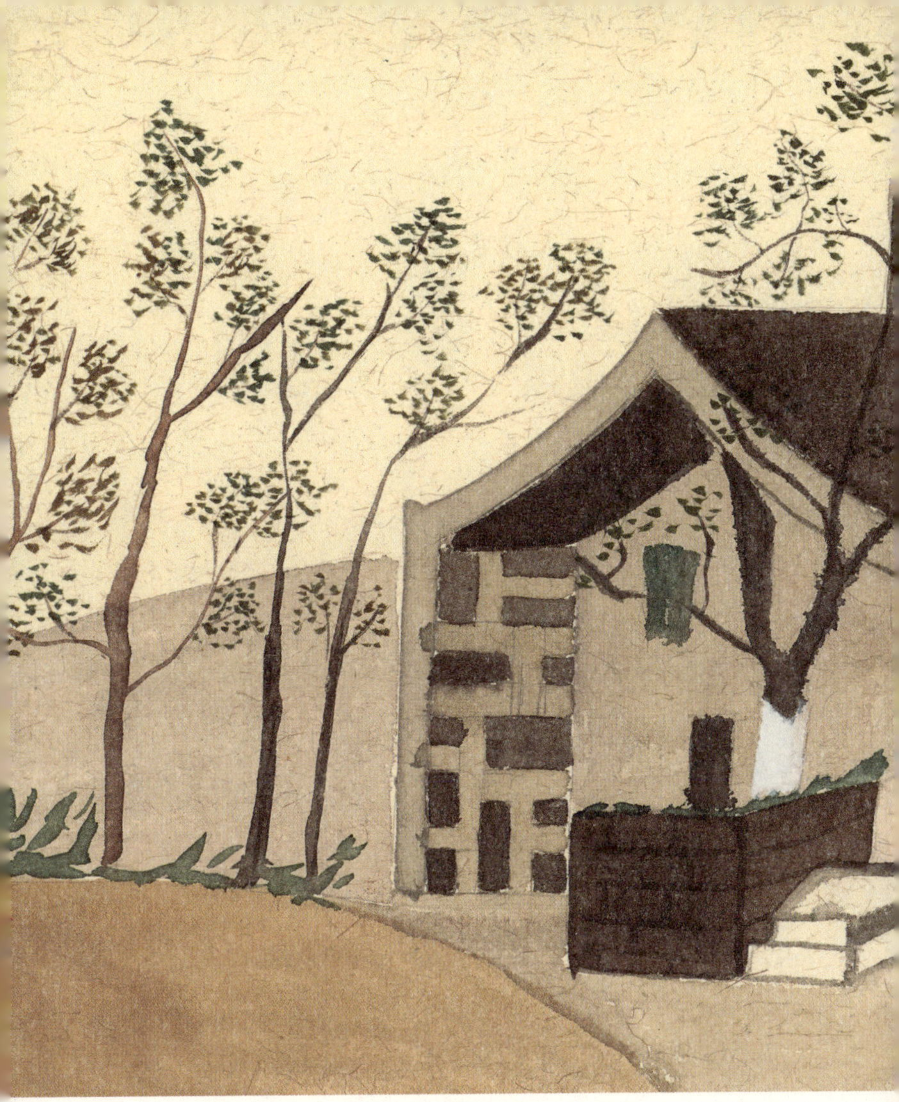

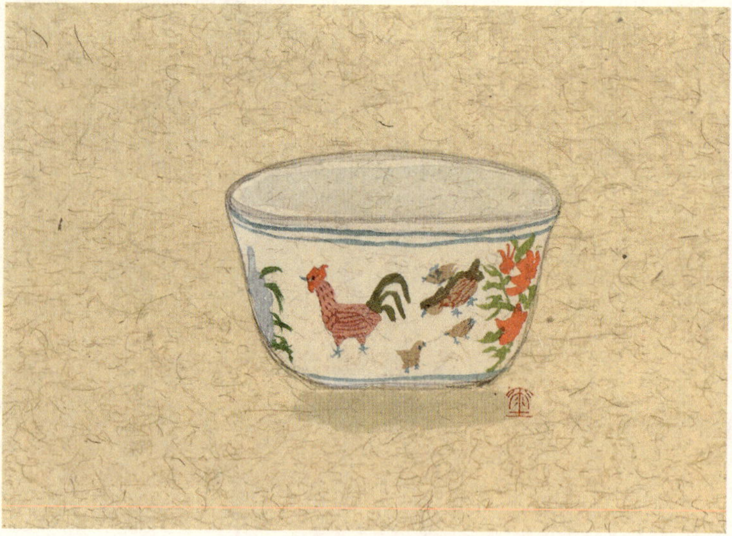

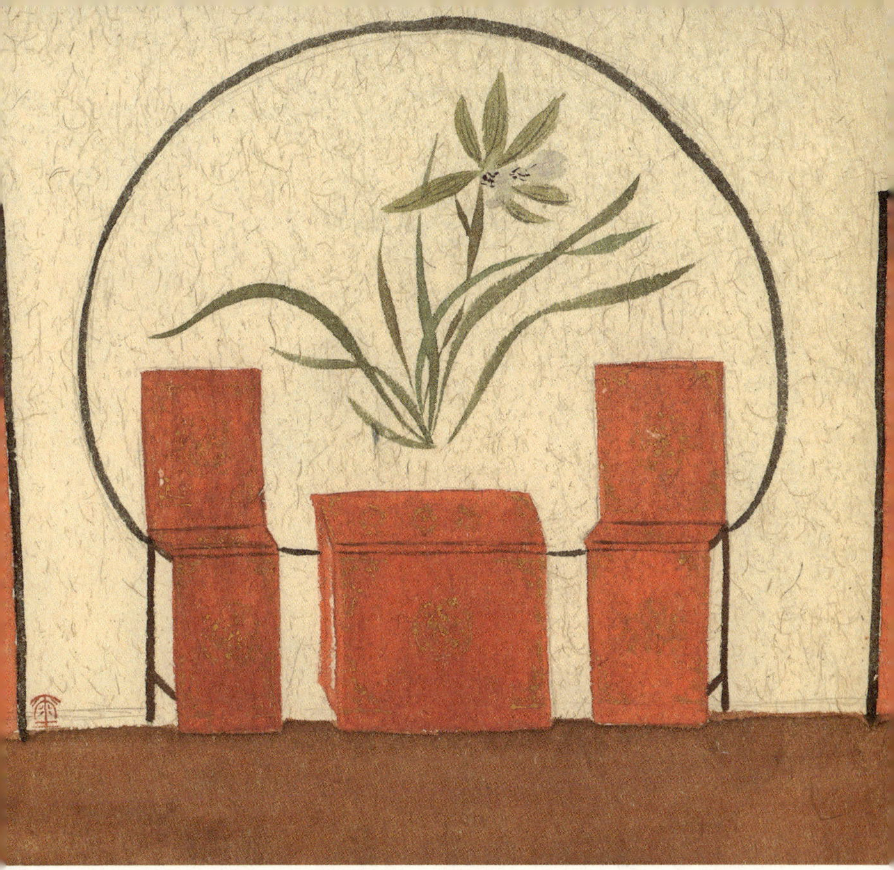

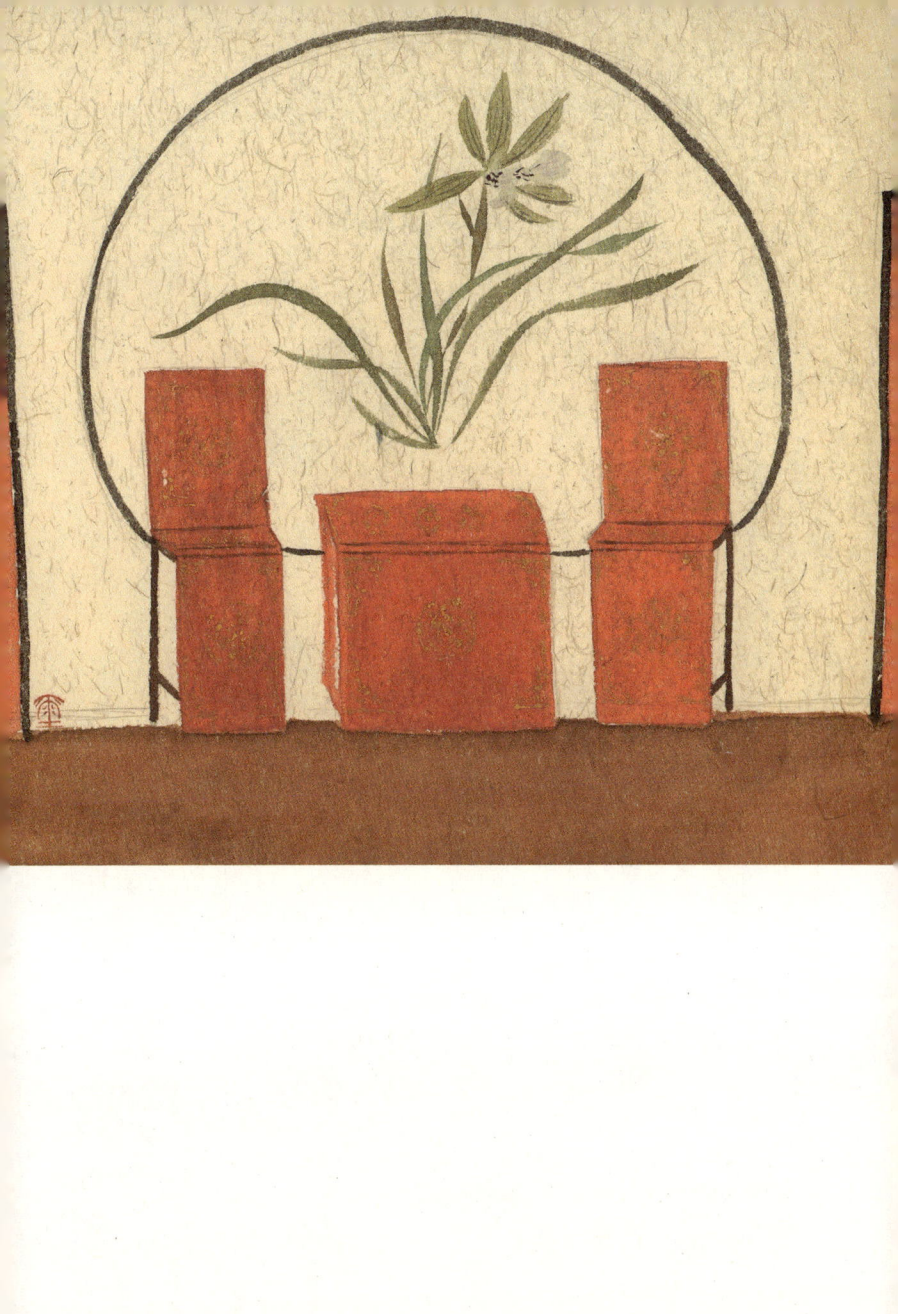

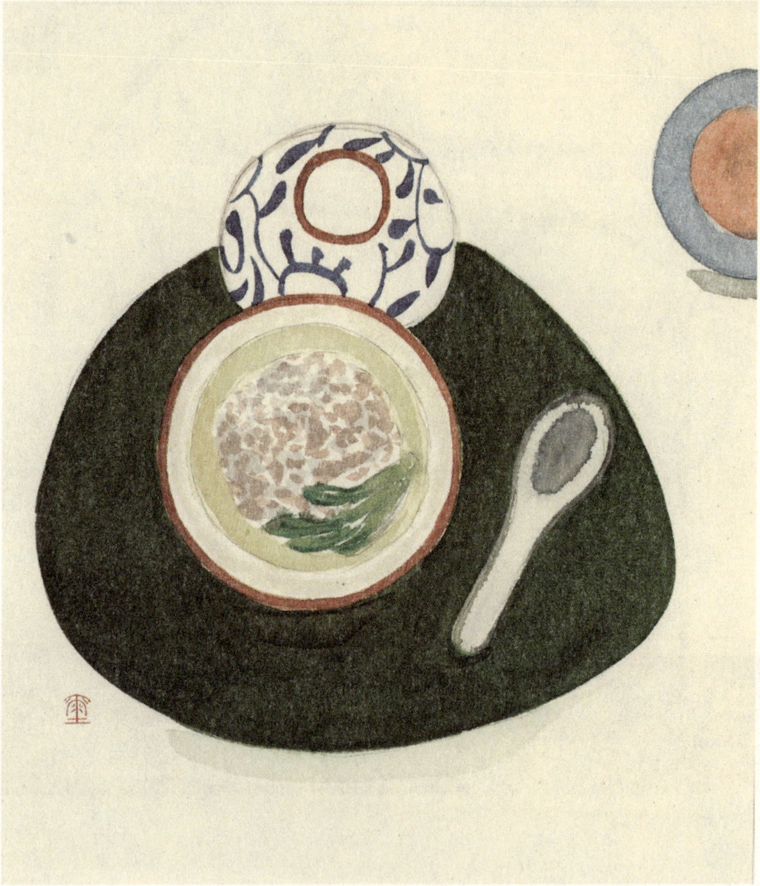

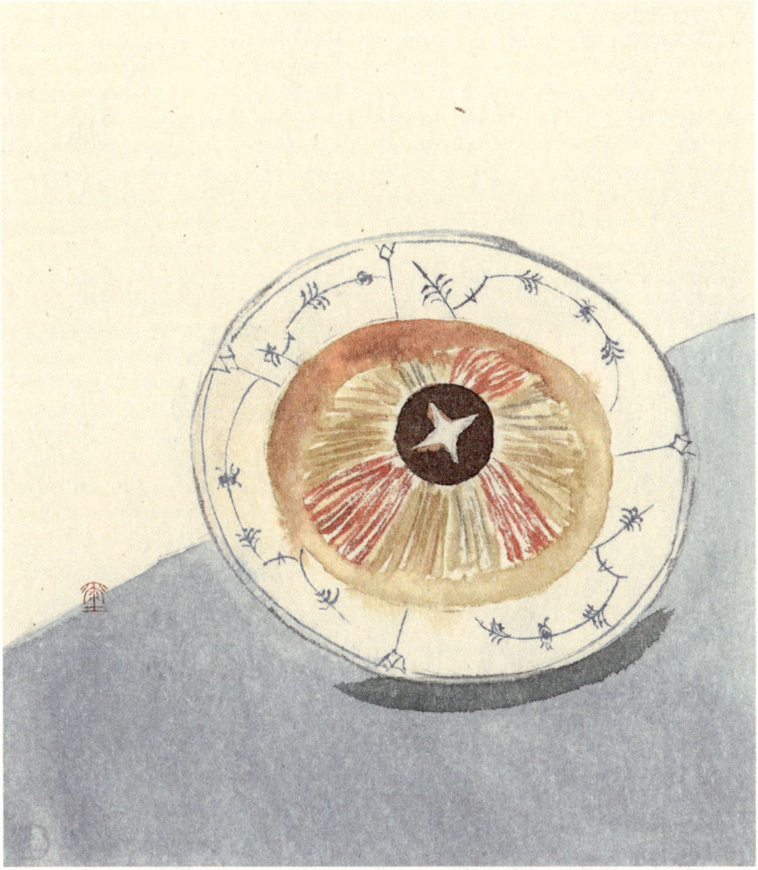

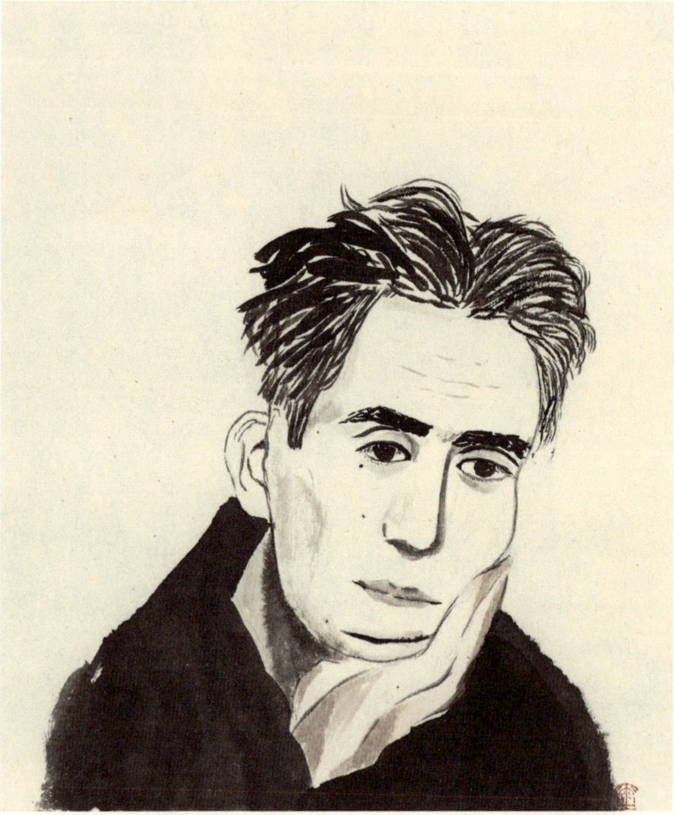

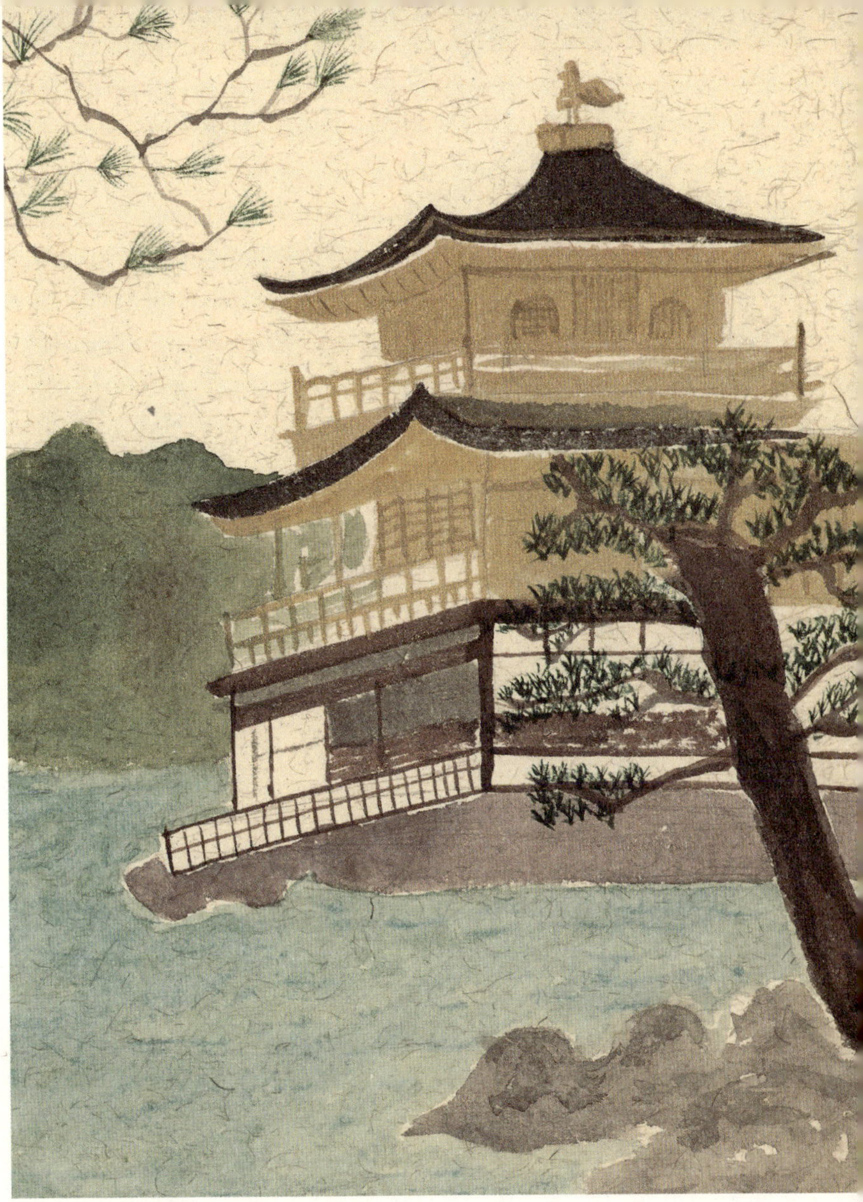

梨与枣

門德哈

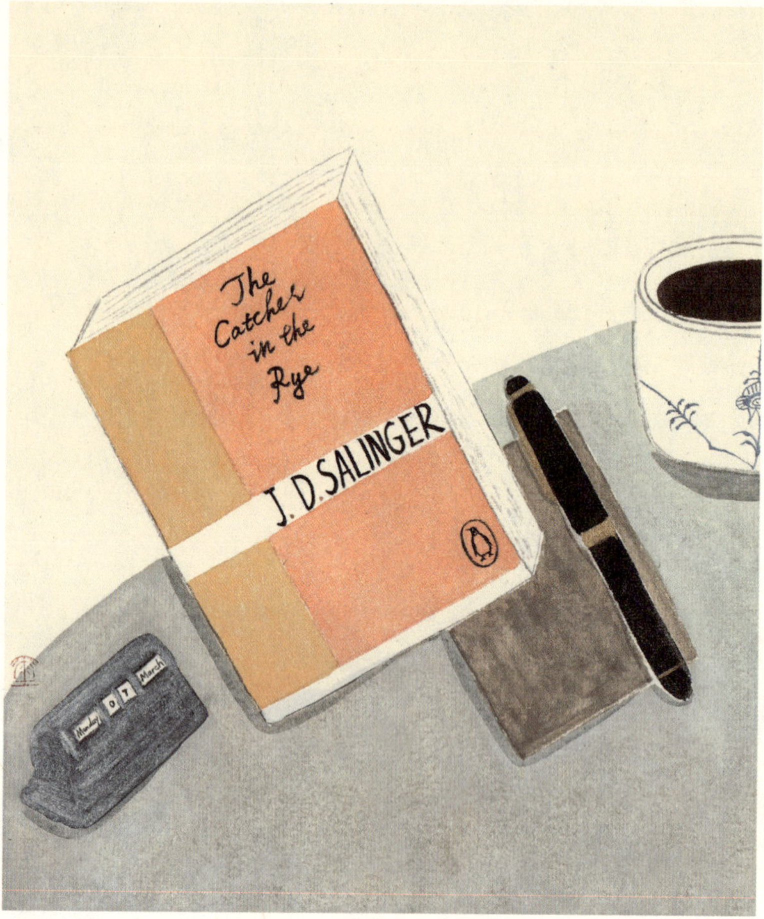
The Catcher in the Rye
J. D. SALINGER
Monday
07
March

遊園驚夢

仿高馬得先生筆意

醉雲

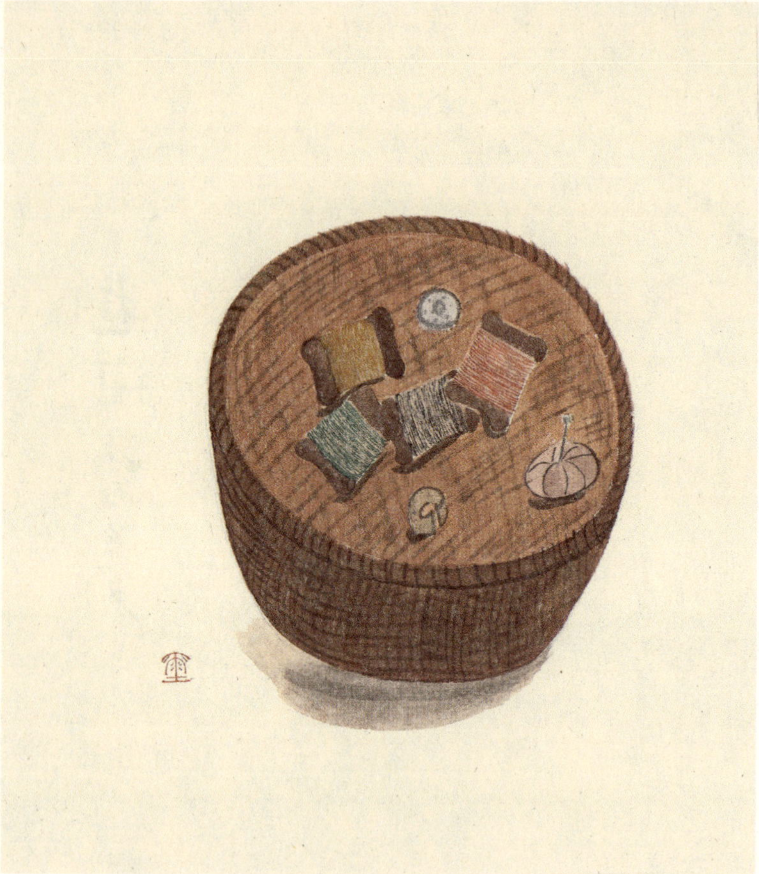

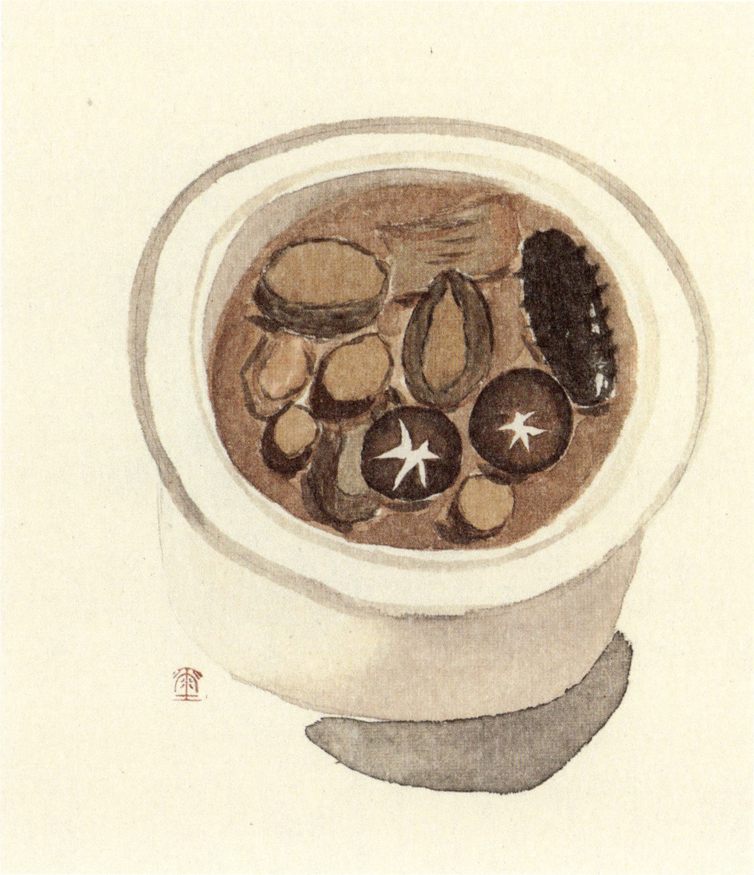

下关

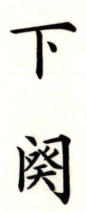

第五章 少年游

二掌相击,何若孤手拍之——J.D. 塞林格《九故事》

塞林格百年诞辰之际,重读《九故事》,似有特别之意。

《麦田里的守望者》出版之后,塞林格深为名气所累,已厌倦公众对他的解读和窥探(这一原则甚而贯彻于他身后,作为忠实的拥趸,村上春树在翻译了《麦田里的守望者》一书后,亲笔写下序言,作为对日本读者的导读,但这一序言却被塞林格的遗产执行人拒绝)。1953年,他从纽约的公寓搬到了新罕布什尔的乡间宅子,开始躲避世人。《九故事》正出版于这一年。

其实是一些被世界所伤的孤独成人,与不期而遇的孩子惺惺相惜,寻找救赎但却最终未能突围而出的故事。这本书起笔于《逮香蕉鱼的最佳日子》。是塞林格终生致力的格拉斯(Glass)家族系列的一部分。小说由一个信马由缰的电话开始,不耐烦而世俗的女子,对她的母亲谈论自己的丈夫。丈夫名叫西蒙,是格拉斯家族中的长兄。在小说中是个面目苍白的年轻人,躺在海滩上,无所事事,甚至懒得脱下自己的浴袍。在妻子与岳母的对话中,可以知道他来自一场刚结束的战争。无从窥探他的内心,但塞林格的字里行间,已足够体会其难以言状的孤独。这篇被纳博科夫击节为"最伟大的小说"的作品,有着成熟且柔韧的结构。它并不严密，但全篇读将下来，却呈现出某种"嘈嘈切切错杂弹"的美感。其中经典的情节，莫过于西蒙与小女孩西比尔的偶遇，谈及香蕉鱼（bananafish）。这是一种塞林格自创的鱼类，一种钻到洞里吃饱了就出不来的鱼，是西蒙的自况。在周遭欲望的膨胀终点走向毁灭，是其解脱孤独的唯一出路。但塞林格的笔调，如村上所评述，清明温暖。对话如淡云阁雨，让人忘却其基底，其实是一个士兵精神重创后无法逆流而上，再难回复现实的困境。

"I cannot beat it." 多年后，当在一部叫作《海边的曼彻斯特》的电影中听到主人公的这句台词，怦然想起塞林格。似乎终于发现了这篇小说的关节。一如电影中落寞日常的中年男人李·钱德勒。他平淡而略带诗意地活着，前提是无人触及他内心的隐痛。他没有接受周遭亲友的拯救，而选择了未与过去的自己和解。塞林格为西蒙选择归宿，只为说明，人生终极的意义，不止于等待救赎。

"只要我有时间，只要我能找到一个空着的战壕，我都一直在写。"塞林格本人参加过诺曼底登陆与犹他海滩战役。写作对于他是某种与战争并行的常态。一台便携式打字机伴随他经历了二战。在硝烟中，写下了《麦田里的守望者》。战后，他主动要求住院治疗。其间赴巴黎拜访海明威。

《为埃斯米而作》是解读塞林格这段生活的密码，或可视为自传。也是《九故事》中最为疗愈的作品。全文分两部分，作者在过渡段落写道，"我仍然在故事里，不过从现在起，为了某种我无权公开的原因，我已把自己伪装得很巧妙，连最最聪明的读者也难以辨认出来"。这是刻意的躲藏，又有一种令人疼惜的欲盖弥彰。在英国受训的军士X，战争期间心似余烬。他在茶室邂逅了教养良好的女孩埃斯米。当后者向他展现了一个"很小而矜持的笑容"，这"浅浅的、含蓄的笑让人觉得特别温暖"。女孩靠近X，因为捕捉到了他同样孤独，"有一张极其敏感的脸"。在交谈中，他了解女孩出身高贵，却父母双亡，她手上戴着的庞大的军用手表是父亲的遗物。在临别时女孩提出要给他写信，请求他为自己写一个"凄楚的故事"。下半部分笔锋一转，便是"我"为埃斯米写下的故事。X收到了女孩的包裹与信件，其中有已经在邮寄过程中震碎的女孩父亲的手表，女孩希望能为这个萍水相逢的士兵，提供一件"护身符"。在小说的结尾，作者写道："只要一个人有了真正的睡意，埃斯米啊，那么他总又希望能够重新成为一个——一个身心健康如初的人。"《九故事》的开首，塞林格写下一则禅宗公案，"吾人知悉二掌相击之声，然则独手拍之音又何若"？事实上，《为埃斯米而作》恰为答案。一个在战争中身心俱疲的士兵，和一个有着和年龄不相称老成的贵族少女。他们如独手各自击拍,硁硁有声。在众声喧哗的时日深处,终见回响,犹如彼此合掌。在小说中,埃斯米的弟弟查尔斯,那个不断浮现的谜语,是基调喜剧的隐喻,一堵墙对另一堵墙说什么,答案是,"墙角见"。孤独、封闭而冰冷的砖石,尚有汇聚之时。何况是企图互相取暖的人性。这小说中,可见处处是一种微小的愉悦,在瓦解着故事本身凄楚的底里。

一九四九年,十四岁的简·米勒(Jean Miller)在佛罗里达戴托纳海滩遇见了三十岁的塞林格,二〇一四年,简回忆了她与塞林格的相遇和交往。这短暂的十数天,塞林格邀请简午后一起去海滩散步,他护送着这个女孩踱到码头。"他的左肩永远在我身后向着我,塞林格倾听的样子就好像你是全世界最重要的人一样。"塞林格的女儿玛格丽特在传记中写道,"他生命中一系列非常年轻的女性其实是他自身愿望的投射,或是他创造出来的角色,因为未经世事时,你感到迷茫、不安全,很容易成为别人希望你成为的人。"

可见,《为埃斯米而作》是整本《九故事》的题眼,是一个疲惫而内心破碎的成人,浸润于孩童的内心,温暖的涤清。孩子如真实而脆弱的精灵,塞林格如此认真地写孤独的相遇。也写成人与孩童之间的封闭与打开。《威格利大叔在康涅狄格州》由两个昔日女友喝酒聊天开始。被造访者埃洛伊斯是一位家庭主妇,但她在女友看来生硬而难伺候,终日怨天尤人。"整幢房子一股橘子汁的气味"也令她生厌。她因为不久前去世的恋人耿耿于怀,在点滴回忆中打发终日,无法融入正常的家庭生活。给女儿拉蒙娜带来巨大的心灵阴影,而出现了严重自闭倾向。拉蒙娜因逃避现实,给自己构筑了想象出的生活壁垒,创造了一个不存在的小伙伴"吉米"。而她的母亲却因为无法进入女儿的内心歇斯底里。《下到小船里》同样写到一个受到情感重创的孩子,四岁的男孩莱昂内尔也是个孤僻而又自闭的孩子。两个庸俗的女仆对他父亲的随意谈论与恶意评价,轻易地伤了他的心,就像面对以往任何伤害一样,他选择了躲藏。而他赖以逃避的空间是一艘小船。然而幸运的是,他的母亲波波,以耐心与善解人意进入了他的世界,帮助他与自己和解,为他摆渡回现实中来。在故事的结尾,"他们不是慢慢走回家去的,他们来了一次赛跑。莱昂内尔赢了"。

《九故事》的实质,或许是一场对话。发生在成人的焦虑、浮躁与孩童的天真之间。彼此有着微妙的感应与隔阂,甚而依赖。换一个角度,或许也是塞林格面对自我的对话,与过去和微不足道的周遭。这本书的末篇《特迪》是塞林格对于孩子最忠诚而动情的崇拜幻影。特迪是一个可称之为先知的孩子,具有"一种真正的美"。他与甲板上偶遇的尼可尔森（一个世俗意义上的成人）发生对话，以两首日本谣曲开始。"蝉鸣正喧闹，全不察觉将殒灭，即在一瞬间。"事实上，这是特迪对自己命运的预言。作为一个十岁的男孩，他有前世来生，前世"是一个在灵魂升华上取得很大成就的人"，而且"还得再次转世为人回到世界上来"。因他遇到一位女士，否则"可以死去，直接升为婆罗门，而不必重新回到世间来"。他称自己六岁时眼里一切皆是神。妹妹在喝牛奶，他看到的是"把神倾倒进神的里面去"；他能与神共处，"那样的境界才是真正美妙的"。

特迪的去世，或可称为某种涅槃。也与《九故事》首篇西蒙的命运神秘地遥相呼应。塞林格借特迪之口，道出"从有限的维度中摆脱"似乎成了自身人生诉求的标志。在晚年，其消弭在所有人的视线之外，执着于灵修与禅宗、吠檀多印度教，在神秘的"倭格能储存器"里打坐数个小时。1958年塞林格致信好友汉德法官："以平和的心态与神同在，在责任的大道上义无反顾地走下去。要是神希望你继续前行的话，他的灵感能让你知道。"

他们都是时间中的孩子
——伊恩·麦克尤恩《最初的爱情，最后的仪式》

> 他看她把面前的书合了起来，原来是一本英文书。他看见了书名，是麦克尤恩的《时间中的孩子》。这是本内容惨淡的书，关于一个平凡男人的失与得。她又在面前的抽屉里窸窸窣窣地翻了一会儿，翻出了一串钥匙来。
>
> ——《朱雀》

写麦克尤恩，或许并非因为他在旧年来到了中国，也非因他对北京的雾霾做出了恰如其分的评价。我在一个偶然的机会，看到了BBC拍摄的《时间中的孩子》，想起在十五年前，自己写作《朱雀》的第一章：黯淡而安静的黄昏，迷路的男主人公与女孩相遇，在那个售卖假古董的店铺，让女孩捧起的正是麦克尤恩的这部作品。我已回想不起为什么是这样。但确定这本书关于人和自己的相处，是切题的。

若干年后，才看到这部同名影片。由"卷福"（Benedict Cumberbatch）扮演这个失神而自我重生的父亲。看他拿着iPhone打电话，多少有些时日流转的违和感。但是一切都还好，2017年一年中，麦克尤恩有三部作品被拍成了电影，分别是《儿童法案》《在切瑟尔海滩上》以及这部《时间中的孩子》。在处理上，似乎都有一种奇怪的柔和与自圆其说，恰是麦氏的原作所致力跳脱的。这个英国人，有他独特的坚硬与天马行空，是这个现实世界的平行宇宙。所以我并不惊讶会觉得电影的处理言未尽意。

2019年4月18日在英国出版的作品 Machines Like Me 中，麦克尤恩将背景设定在了1980年代伦敦的平行世界。在这个世界中，英国输掉了福克兰群岛战争，玛格丽特·撒切尔和托尼·本恩正在展开权力斗争，艾伦·图灵在人工智慧领域取得了突破性进展。在类似《高堡奇人》设定的反乌托邦语境里，麦克尤恩关心的仍然是人与机器的普世恋情，以及这背后令人扼腕的道德困境。说到底，仍然是一个由著而微的卡夫卡式的故事。

我很感兴趣的是这次麦克尤恩的中国之行，在迟到了九年后，他看到自己中文版的处女作《最初的爱情，最后的仪式》（First Love, Last Rites）。他饶有兴味地端详马卡龙蓝色的卡通小人封面，说"这个画面太可爱了，可是与我的作品没有丝毫关系"。不知是否出于某种市场策略，想当年，多少读者被这个萌萌的封面所迷惑。待发现是一本恶盈满贯的小说，竟已欲罢不能。

葛亮　梨与枣

虽然与黑白版画风，印着鼠、鲜花与裸女的英美版书封相比，这本中文版有过于"清新"的嫌疑。但不可否认，这封面以些微刻奇的方式，揭示了这本小说的实质。那就是无处不在的，有关处理天真与恶的悖论。这本麦克尤恩在二十七岁完成，确切地说，创意写作硕士课程（MFA）的毕业作品，为他赢得了"恐怖伊恩"（Ian Macabre）的称号，也获得了毛姆奖。然而，它却并不具备青年作者常态的迷惘与叫嚣感。正如约翰·伦纳德（John Leonard）所说，麦克尤恩的脑袋里"漆黑一片，弥漫着乙醚的气味"。《最初》是一本令人感到绝望的书，阴冷，有着一种在手术室中的防腐药水的气息。少见光亮处，是一张儿童纯真无辜的脸。但这张脸忽而冲你微笑，却说不清的邪恶，令人触目惊心。如果借用雅歌塔·克里斯多夫（Agota Kristof）的书名，这本书或是一本名副其实的《恶童日记》。

那么让我们感受一下这本书的气质。《立体几何》中，年轻的男主人公从祖父那里继承来的古董——尼科尔斯船长的阳具。"在碎玻璃和福尔马林蒸腾的臭气之间，尼科尔斯船长垂头丧气地横卧在一卷日记的封皮上，疲软灰暗，丑态毕露，由异趣珍宝变作了一具可怖的猥亵物。"（"It was only a prick in pickle."）这只来自十九世纪的"那话儿"，直至被主人公的妻子歇斯底里地毁坏，依然横亘在小说的两性关系之间。微妙加之的定义，复写了有关物态价值的残酷辩证。在麦克尤恩的文字中，你可感受到一种恶作剧式的煞有介事。这篇带有博尔赫斯气息的故事，以一个书呆子（Nerd）为主人公可谓恰到好处。从祖父日记中习得的立体几何拓扑"魔术"令结尾有了诡异的仪式感——性爱变成了一种剥离欲望的机械操作。收束于明朗的晦暗，几乎令人意识不到这是一场明目张胆的谋杀。

《家庭制造》中，这种仪式感被作家设置成了日常游戏。我们都十分地熟悉，叫作"过家家"。这是青春骚动的男主人公，一个性早熟的男孩，对胞妹康妮布下的诱饵。他从街谈巷议中获得的性知识，以及与朋友之间那种来自男性攀比的虚荣心，让他急不可耐地付诸实践，希望康妮配合他完成"爸爸妈妈做的事"，以摆脱童贞。然而，在这场可笑又笨拙的性事中，他不断地遭受着妹妹理性的质疑以及嘲讽，让他的每一个动作都有如被评鉴的表演。主人公最后只获得了"蚊叮似的高潮"。作者写道："对交合中的人类来说，这也许是已知的最凄凉的交合过程之一，它包含了谎言、欺骗、羞辱、乱伦……"而在这阴暗的母题背后，可以看到一种蒙昧的苍凉与可悲的戏谑感，离弃了常识的道德判断，如雾霾卷裹了去向成人世界的鸿沟。事实上，麦克尤恩对这个故事中伤感的意义内核念念不忘。在长篇小说《水泥花园》中，再次触及乱伦题材；而《在切瑟尔海滩上》，则是对"童贞"

主题再一次犹如錾刻的锻造。

《蝴蝶》或许是这本小说中最为锋利的一篇。锋利于手术刀一般的阴冷。主人公正在锋刃上踟蹰而行。其面目如此模糊，除自称"没有下巴"的"可疑长相"，我们似乎难以想象其确切轮廓。他的色调边缘、哑暗，以当事人的视角说着自己罪恶的故事。而声音的疏离，或许是小说让人心生恐惧的来源。他用一只子虚乌有的蝴蝶，将九岁的小女孩简骗到郊外的河边，猥亵后将其沉入运河溺杀。那段话是这样的。"傻姑娘。我说，没有蝴蝶。然后我轻轻把她抱起，尽可能轻以免弄醒她，悄悄地慢慢地把她放入运河。"这个发生在伦敦贫民窟的罪案，唯其文字温柔而美，却愈显其惶惶的不安，在读者心头不断膨胀。通俗地说，是一种细思极恐的叙事圈套，将人性内里的自闭与阴郁，一点点地在抽紧中挤压出来，令人不得喘息。

这本小说中，回荡着孤独而封闭的气息，来自麦克尤恩对空间结构近乎执着的隐喻塑造。橱柜、隧道、舞台、鼠洞，无不幽闭而带有着表演性。而时间节点又多是伴随着猛烈澄澈阳光的夏日。这构成了暴烈的青春期欲望自内而外、东奔西突却不得出逃的原始意象。而尤其令人关注的是，这些小说多是"家庭戏"的格局，其中却带着不可思议的模拟性——如"过家家"，正意味着原生家庭的缺失，尤其是其间母亲角色的缺席。《蝴蝶》中的主人公冰冷地谈及"我母亲死的时候我躲得远远的，多半出于冷漠"。而更多场合，母亲在小说中表现出一种异态的存在。如《夏日里的最后一天》中，照管父母双亡的"我"的胖女孩珍妮；如《与橱中人的对话》将十七岁的儿子当作婴儿喂养的"妈妈"；又如在《伪装》中为去世的姐姐十岁的孩子亨利做出异性装扮的演员敏娜。她们各自以一种极端的方式，建构着少年曲折而不寻常的成长。

由此，《最初》其实是一部寻找出路的小说。虽然这出路的尽头往往是人生的黑洞，昭示着现实中无可挽回的落败。如同那个六英尺高，尚将自己艰难缩进橱柜的男子，在成人前仍然做着困兽般的挣扎，似乎想要回到母亲的子宫。"写作这些故事的时候，我还是二十出头的小伙子，是非常勤奋同时也非常羞涩的学生。我二十几岁的时候，有一些事情发生了，就好像我的头脑突然爆炸了，我开始写作，并且爱上写作，我头脑里装着一些非常疯狂、暴力、偏激、怪诞的事情。"那时的麦克尤恩所发生的，谁也不知道。我们只看到他笔下，是一个个如此孤寂而混沌的少年。他们在现代世界天然而原始地生活，用幽暗暴烈、秘而不宣的本能的性，对抗着周遭与禁忌，坚定雕刻着独属于自己的恶之天真。

迷宫如雾，及记忆的把手——帕特里克·莫迪亚诺《缓刑》

我喜欢的欧洲作家，有两位叫帕特里克（Patrick），一位是德国的聚斯金德（Patrick Süskind），一位是法国的莫迪亚诺（Patrick Modiano）。两位作家，恰都写过以少年为题的自传小说。聚斯金德的《夏先生的故事》，写孩童对成人世界的好奇、恐惧和悲悯，并以沉默作为成熟自我的总结。"请让我静一静。"相当长的时间内，以为那就是自己的童年写照。

但对后者的接受，远不及对前者有一见如故之感。读《地平线》《暗店街》，我时而感到十分地疲惫。虽则莫迪亚诺笔下，也有一些"古怪的人"。但他们迅速地在主人公的记忆中过往，"从虚无中突然涌现，闪过几道光又回到虚无中去""所经之处只留下一团迅疾消散的水汽"。因此被称为"海滩人"，意为"沙子只把我们的脚印保留几秒钟"。有印象的是居依·罗朗，《暗店街》里得了健忘症的男人，为一个私家侦探工作。当他试图在生活的细枝末节中，寻找自己遗失的记忆，面临身世的重认，他忽而感到犹疑和惶然。这是典型的莫迪亚诺的人物，没有清晰的面目，如同他们的人生，致力回溯与追寻，不断地陷入缠绕与迷失。当时，我欣赏的是笔调朗毅的作家，难以进入他雾一样的笔触。这雾也并不期待穿透，拨云见日，而是愈见浓重。他的作品因而被搁置。但多年后，我读到了这本《缓刑》，似乎忽然懂了莫迪亚诺。

《缓刑》是一部自传体性质的小说，十岁的帕托施是见闻的叙述者。莫迪亚诺于1945年出生在法国的布洛涅·比扬古，德国占领法国期间，他正居住在巴黎近郊的一栋别墅里。莫迪亚诺开头写道："这是一座二层楼的房子，正面的墙上爬满了常青藤。……房子后面是一座梯形花园。……在花园的高处，生长着两棵苹果树和一棵梨树。"作者如摄影师，镜头推拉，以长镜与空镜交替，巨细靡遗，一点一滴地挖掘有关旧居的周边风物，不放过任何一处地标，孜孜构筑城市地图。别墅的"凸肚窗"、花园里的树、林荫大道、远处的城堡。莫迪亚诺似乎以此作为伏笔，进入有关童年片段的讲述。这些地点，在他头脑深处如被根系紧紧捉住，将成为记忆的把手。

莫迪亚诺对"物象"有一种极端的痴迷，在他的小说中，如此清晰地构成了生活的轮廓。而"人"反而语焉不详，面目模糊。首先是双亲的缺席。父亲在外，做着似是而非的违法生意，而母亲长年在国外巡回演出。而"我和弟弟"身处三个由与他们毫无血缘关系的女性所组成的"模拟家庭"中。四十来岁的小埃莱娜，曾经是马戏、杂技演员，因工伤而残疾，是一位可亲但是"像钢铁一样坚强"的女性。

二十六岁略显衰老的阿妮，帕托施的教母，在学校里一直谎称为他的母亲，拥有一辆淡褐色的四马力汽车。阿妮的母亲玛蒂尔德，喜欢叫他"幸运的傻瓜"。她们雇佣了一个叫白雪的姑娘，专门照顾兄弟俩。她们身份不明，行踪神秘。但似乎表达了由衷关爱，并且以自己的社交，丰满了我和弟弟的生活轮廓。包括以接待客人的方式，对男性角色的引入，如罗歇·樊尚、让·D和安德烈·K。

这些人构筑了"我"对成人世界的全部想象，并且替代了父母，构成了我和弟弟的碎片式教育。罗歇·樊尚的微笑冷漠迷惘，如覆轻雾，声音与举止则低沉压抑。他对"我"有过两次忠告，"勇敢些，帕托施"以及"说话越少，身体越好"。依据"我"此后的人生经历，这些话无疑有着高屋建瓴的意义，甚至可视为某种预言。而让·D，这个扮演过圣诞老人的男人，则教会"我"打破某种成见与禁忌。家里的女性长辈们总是在提醒"我"的儿童身份。如当我读着小埃莱娜买的《黑与白》画报，被玛蒂尔德一把夺去，声称"不是给你这样年龄的人读的"。而让·D在和我谈论读书时，建议我读读"黑色小说"（noir fiction）。阿妮则说，"帕托施还太年轻，不能读黑色小说"。几天后，让·D便给我带了一本叫作《别碰金钱》的书。从某种意义上，这本书的书名，又可被称为某种谶语。

严格意义上来说,"我和弟弟"在这些走马灯一样的客人中,别开生面地体验人生的意义。不同于亨利·詹姆斯的《梅西所知》的主人公,依照自己的孩童逻辑去判断与重构成人情感世界,让我们领略"陌生化"的价值与哀凉。《缓刑》中的"我"所表达出的,是有关自我记忆的断裂与质疑。因大人们的沉默,阴冷与神秘,他们向"我"所呈现的驳杂世界,只简化为一些只字片语,传达着对生活的困境与不确定。因此,当我回溯"十岁"时的个人经验,便产生了独一无二的焦灼。进而蔓延为成人之后的对记忆的寻找与不自信。在小说中,这种自我质疑反复出现。"她们真的是母女吗?""人们能责怪我们什么呢?""这是同一个日子吗?"

因此,《缓刑》中可读出莫迪亚诺独特的"物化苍凉"。对人的模糊与不确定会进一步强化主人公对"物"的珍视。比如他自始至终珍藏着阿妮送他的栗色鳄鱼皮香烟盒,总是把它放在够得到的地方。"有的东西一不小心就会从你的生活中消失,但是这个香烟盒依然忠于我。"为了让这个香烟盒免于受富家子弟的觊觎,"我"不惜故意违反校规以求被校方开除。这只烟盒成了某种凭据。"我"时常从各个角度凝视它、在睡觉前检查一遍它的存在——那是"我"生活中一个不能对任何人说的阶段的唯一证明。在二十五岁时,因他人告知,主人公才知道这只香烟盒是一次盗窃案的赃物。而案犯中不少人"还干了些比这次盗窃更严重的事"。

即使在成年以后,主人公极其偶然地,在一份1939年出版的《巴黎星期》上,看到了阿妮的朋友弗雷德的一幅小照片,喜出望外,立刻买下了那份旧节目单。"就像获得一件物证,一个你不是在做梦的确实的证据。"而阿妮曾经带"我"和弟弟去的那家修车行,一时间渺然无踪,以至"我"已不期以之为线索,与罗歇·樊尚等人重聚。"我"甚至视"所有这些年月,对我而言只是对一家消失的修车行漫长而徒劳的寻找"。

因此,不难理解,作者对这段少年记忆的痛楚,以至在成年后,希望不触碰与回避。小说中有颇为清冷的一笔。"我"与让·D重逢。那是自童年之后,"我"与童年旧识的唯一一次重逢。可是让·D的女友在场,令他们无法深谈。作者却这样写道,"这位姑娘待在屋里真好,否则,让·D和我,我们会说话的。这样沉默并不容易,我从他的目光中看得出来。只要一开口说话,我们就会像被击中要害倒下的射击场木偶那样"。"我"很清楚,开口即意味着失去。意味"我"的这段童年时光的肃杀一空。

饶有意味的是,"我"始终有一个形影不离的陪伴。那是弟弟。

因为他,"我"在一次又一次被世界抛弃的险境中,始终有一个命运的同盟。他才是那段记忆的真正凭据。"我"和弟弟,共生一体,互为镜像。冬日共同接受大人馈赠的圣诞礼物:共同进入废弃的城堡的大厅;夏季在森林里野餐;秋天在森林里拾栗子。也共同面对与父母的失联。临近尾声,"模拟家庭"终于暴露了脆弱的面目,大人们凭空消失,不知所终。"在学校门口,弟弟独自一人等着我。我们家里什么人都没有了。"而"我"在成长的过程中,"我失去了我的弟弟。线断了。一根蛛丝。这一切什么都不剩……"

莫迪亚诺或许沉迷于自我建造的迷宫,不期于谜题的破解,甚至对谜底噤若寒蝉。这是令读者心疼之处。二战时的德占法国,在维希政权时期,呈现出一系列的观念飞地。关乎道德、忠诚与谎言。所有界线的模糊与延宕,平庸之恶缠绕于人性。而它们叠合于一个少年的成长。这少年以书写为剑戟,记忆为信物,走进迷宫,越走越深。然而,他并不是勇敢而坚定的特修斯,真相也非弥诺陶洛斯的居所。记忆更不是可带他迷途知返的线团。于是迷宫变为迷雾。你只可见到一个成年人萧索与彷徨的背影,在雾中踯躅而行。

拥抱彩虹，向光而生——太宰治《斜阳》

大约从记事开始，家中有的藏书总会随着父母的迁徙，出其不意地浮现出来。以一种狭路相逢的方式，出现在你眼前，然后隐遁，待到下次搬家时再出现。我的记忆里，每每不期而遇的，就是一本红色的小册子，上面写着《斜阳》。或许是因为太薄，或者是因为封面设计的单调引不起我的兴趣，屡屡与它错过。直到高中时搬家，在一个百无聊赖的午后，我再次看见它，于是我坐在纸箱上，在能看见灰尘的飞舞的夕阳光线里，信手打开。

然而此后就没有再放下，直到天一点点地黑下来。当我终于合上书，心中产生了一种前所未有的情绪。当然，现在可以用"丧"这个字，精准地一言蔽之。但在当时，这种感觉的微妙，足以对一个高中生产生打击。尽管在多年后，看到有关此书的诠释，提到在结尾处"拥抱彩虹，向光而生"。但仍然无法覆盖那时的感受。这就是《斜阳》在国内的第一个译本，译者张嘉林。

不难理解，半个世纪以来，人们对太宰治的追逐。不同于对三岛、川端与大江，浩浩汤汤，拥趸对太宰的爱永远似暗涌，隐而不见，平日积聚，适当时便喷薄而出。二〇〇九，其诞辰百年，生田斗真演绎《人间失格》,集英社借着这股文学热潮,邀请漫画家小畑健重新绘制太宰治的名作,制作了四集同名 TVA;二〇一九,其诞辰一百一十周年,蜷川实花再次执导同名影片,主角则从叶藏转为太宰本人,演绎其与一生中最重要的三位女子的传说,此片集结小栗旬、宫泽理惠、泽尻英龙华、二阶堂富美,阵容可观。其英文片名令人玩味:*No Longer Human*。

这是太宰对其一生的自白,也是挂在文艺青年嘴边的金句。但是,这稍带无赖感的言辞,何尝不是他向这个世界的示弱。大约我们看到的,是他一生的喧哗,以《人间失格》中的夫子自道,"我过的是一种充满耻辱的生活":出身豪门,立志文学,师从煊赫;曾积极投身左翼运动,却中途脱逃;放浪形骸,热衷阅读《圣经》;四度殉情未遂,三十九岁与最后一位情人投水自尽。所以,如果难以理解他对困境的逃避与无助。那么《斜阳》给出了答案。

《斜阳》写的是一个贵族家庭的故事。"贵族"这个词汇,在当下似乎已被概念化为"Positional Goods",和某些话题相关。或者是第六季后《唐顿庄园》电影版的上映,或是中国某地产界大鳄的太太所创办的速成班,抑或是某个女明星的风光大嫁。总而言之,是个似是而非,又镀着金属色泽的词汇。大约很少人,会将之与消沉相连接。

然而，太宰向我们展示的，是个晦暗的贵族故事。某种意义上说，虽然脱胎于他的情人太田静子的日记，但可视为他本人的自传。尽管太宰终其一生的创作，都似乎在写自传。但这本的特殊性，却在于他笔触间逼人的冷静。

那就从太宰的贵族出身说起，关于这一点，曾遭受过三岛由纪夫的嘲笑，因为其底里的乡野与鄙俗。太宰出生于青森县北津郡金木町的大地主家庭，父亲是一个多额纳税的贵族院议员。尽管津岛（太宰治本姓）是津轻远近闻名的豪门望族，但却是靠投机买卖和高利贷而发迹。这是他心中块垒，便在《苦恼的年鉴》中自称"我的老家没有什么值得夸耀的家谱"，"实在是一个俗气的、普通的乡巴佬大地主"。换言之，原生家庭的"土豪"出身，使得太宰对所谓"真正的贵族"抱有一种憧憬与执着，成为其念兹在兹的"名门意识"的核心。

小说的首章，借主人公的弟弟直治口说出了有关"贵族"的辩证。"有爵位不代表是贵族，有人即使没有爵位，也是拥有天爵的贵族。"相对于抨击他的伯爵友人岩井的庸俗，他认为自己的母亲才是"真正的贵族"。而主人公的佐证之一，就是母亲的用餐方式，一种并不符合"正式礼仪"的饮汤方式。

"就说喝汤的方式，要是我们，总是稍微俯身在盘子上，横拿着汤匙舀起汤，就那么横着送到嘴边。而母亲却是用左手手指轻轻扶着餐桌的边缘，不必弯着上身，俨然仰着脸，也不看一下汤盘，横着撮起汤匙，然后再将汤匙转过来同嘴唇构成直角，用汤匙的尖端把汤汁从双唇之间灌进去，简直就像飞燕展翅，鲜明地轻轻一闪。就这样，她若无其事地左顾右盼，操纵汤匙，就像小鸟翻动着羽翼，既不会洒下一滴汤水，也听不到一点儿吮汤和盘子的碰撞声。这种进食方式也许并不符合正规礼法，但在我眼里，显得非常可爱，使人感到这才是真正的贵族做派。"这个段落十分美好，好在太宰向我们展示的对于贵族的理解，其基准恰在于对于规矩与禁忌的废离，是一种"脱轨的行为"。母亲如此自由地破除着贵族的成见，信手抓着食物，毫无愧色。这一段描述深得我心，或许因为自然与自信，才是高贵的源头。而和子认为，如果模仿，则是东施效颦。事实上，在这部小说中，你可以不断看到和子对母亲的钦羡，那种对美的，无条件地仰望。

而此时这个家庭，乃至其所依存的基础，已是日薄西山。不得已变卖家产，搬去乡郊，母女相依为命。这里有颇具象征意味的一笔，"从那时候开始，妈妈已显著有了病态，而我却反而渐渐出现粗鲁、下流的味道，好像不断从母亲身上吸收着元气，而变得越来越胖"。二战后的日本，满目疮痍，旧式的制度与社会结构，分崩离析。工业化的道路，且进且行，步履蹒跚，带来是阶层的重新洗牌。"道德过渡期"必然带来一系列难以定义的礼崩乐坏。而和子的弟弟无疑是其中最为典型的"多余人"。与姐姐顾念母亲，将精神寄托于往日、并对未来有所憧憬相较，弟弟直治显然是更为无望的。在篇末那份绵长的遗书中，我们看到的是对一个时代的悼词。他对家庭，有天然的离弃与抗拒，渴望自己变得"强悍粗暴"，变得像自己那些"平民百姓"朋友——所谓一般人一样。并视为自己的出路。但是他又是如此地无能，连喝酒都"头晕眼花""除了毒品之外的一切，都不行"。他抗拒优雅，模拟粗鄙，但是依然无法摆脱贵族可怜的自尊心，在与精神导师上原的交往中，忍耐着被施舍的痛苦与绝望。他写道，"我还是死了好。我没有所谓的生活能力。没有因为钱的事与人争执的气力"。我们会很自然地在直治身上看到太宰自己的影子。换言之，这对姐弟是太宰身上名门意识的一体两面：对旧日的钦羡与抗拒的交缠。姐弟之间的相爱相杀，他们甚至为同一个男子所吸引。而作家上原的存在，无疑又是以作者自身作为原型。这就使得小说的人物之间形成一种多棱镜式的谱系。姐姐和子，最终与上原肌肤之亲，只是因为对这个男人的"可怜"。这种交合，又何尝不是太宰的自怜与自悼。他在自己的另一篇小说《维荣之妻》中塑造了一个潦倒而清高的作家形象。弗朗索瓦·维荣，是法国中世纪末期诗坛先驱，才华横溢，一生不羁，历经逃亡、入狱、流浪，而成了放浪无赖者的代表。这其中无疑是太宰的自行标榜，投射出类似纳西索斯式的自我垂怜。换句话说，也是为其与生活博弈方式的自辩。

直治遗书的结尾是："姐姐，再见了，我是贵族。"以一种隐约间的宿命，与早前离世的母亲殊途同归。而留在世间的姐姐，怀着不知父名的私生子，却声言要和古老的道德观作战，"准备像太阳一样活下去"。这个家庭，随着它的离析，完成了在历史中的使命。而太宰曾录下了魏尔伦的诗句："上帝选民的恍惚与不安具存于吾身。"其在一九四八年，即这部小说完成后的一年，收束了与时代剪不断理还乱的纠缠。在数次生死实践后，终于到达了彼岸，而留下了与世人之间迷雾一般的结界。十分吊诡的是，太宰治诞辰百年，《斜阳》中私生女的原型，太田治子完成了她长期无法直面的传记，《向着光明：父亲太宰治与母亲太田静子》。

导演是时日，演员是你——V.S. 奈保尔《米格尔街》

读奈保尔，由"印度三部曲"始，之后许久未再次拿起他的作品。奈氏与拉什迪、石黑一雄并称为"英国移民文学三杰"。但相较石黑的优雅疏离，总觉得他的文字中潜藏戾气，隐隐暴力渗透于字里行间，如虬枝入岩，有种干涸的阴暗。

庆幸的是，在我写完《七声》之后，读到了奈保尔的少作《米格尔街》。之所以说庆幸，因为如果极早读到这本书，可能会影响我的写作观。《七声》是这样一本小说，它汇聚的是这时代于我人生的陪伴。人事久违，似云过眼，如水穿石。写人间烟火，也写无奈挣扎。这些人，激荡不拘有之，冷静观照有之，多少是存着一点希冀的故事。

《米格尔街》写成长，却叫人绝望。这绝望以兴高采烈的方式演绎，分外令人心头一凛。在英殖民地特立尼达首府西班牙港的一条小街上，晦暗边缘环境中，一群人却生活得热气腾腾。"我们这些住在这里的人把这条街看成是一个世界，这里所有的人都各有其独到之处。"他们以各自的方式上演人生戏剧，专注得近乎执念。被称为"哲学家"的木匠波普从未成功打上一只家具，半生都在做着"叫不出名堂的事"。这与无名人（nobody）堪称完美的配对，内里暗藏的郑重理想，却让人唏嘘。如果伊莱亚斯为了一张二等剑桥学院的考试文凭孜孜以求，会计师霍伊特矢志不渝的民间教育事业，尚算是高尚；那么波普的偷窃、乔治的风月生意、大脚短暂的拳师生涯，则近乎闹剧。但因为一个孩子的眼睛所见，即使闹剧，竟然也有了肃穆的底里。《烟火师》中记了"我生平见过的第一个手艺人"摩尔根，在受尽冷眼后，以破釜沉舟的方式纵火，证明了自己的事业。"这是人们第一次领略摩尔根的烟火竟是如此美丽，人们感到过去嘲笑他是有些过分了。后来尽管我到过许多国家，可我从没看到过那天晚上爆发出的烟火那么壮丽辉煌。"

不得不说，《米格尔街》上的每一个人，居于日常，都有着令人心酸的表演性，但似乎没有一个，如同《布莱克·华兹华斯》中的主人公，有着动人的悲壮。他的出现与消失，都带有了寓言的性质。他是少年"我"最初的人生导师。当"我"问起他的职业，他回答道："我是诗人。"

在"我"与他相处的时光，他只写了一行诗："往昔幽深而美妙。"

他告诉"我"：你也是一个诗人。你成了诗人后，任何一件事都想哭出来。

因为华兹华斯惊鸿一瞥，世俗而响亮的米格尔街，有了苍凉的诗意。哪怕他已消失，而"我"也因此有了成长，学会了像诗人一样哭泣。

海特对这个少年说，所有人长大后，都会离开。

长大，似乎成为一个在期盼中而并不清晰的标的。想起林克莱特的《少年时代》，用十二年讲了一个关于时间的故事。也许不完美，但是足够真实。物件、人事、风景。全然是有关成长的陪伴。在这期间，你的怀疑、依恋、过往与当下，都有了明证。这便是物是人非的意义。

我们心中都有一个"米格尔街"，是生命旅途的最初陪伴。它或许喧嚣、安静、压抑、蒙昧，却真实如梦境，在每个人的命运轨迹打上烙痕。这条街道是人生皇然大观的幽暗后台，让我们在旁观中触碰，锻炼生涩的演技。为这回不来的街巷下注解，一如挽歌，哀而不伤。我在《戏年》序言所写，说到底，人生的过往与流徙，最终也是一出戏。导演是时日，演员是你。

第六章 挽歌行

与君分袂，各自东西不回首——本哈德·施林克《朗读者》

《朗读者》这本书的意义，在于重温。不同的年龄阅读，会有相异的认知与结论。这意义或许和坚执相关。但是，换一个角度来说，它亦会提示，用一己的价值评判体系去估价他人的行为，是愚不可及的事。

初读时，很容易将之总结为两个失败者的故事。汉娜和米夏，在各自的人生中逸出轨道，进而改变对方。历史的颠覆中，难以全身。一个罪恶深重，一个肩负阴霾。这场角力，以少年的情欲开始。"如果贪婪的目光像肉欲的满足一样恶劣，如果主动想象和幻想行为一样不堪的话，那么，为什么不选择肉欲的满足和幻想的行为呢？我一天比一天地清楚，我无法摆脱这种邪念。这样，我决定把邪念付诸行动。"但最后败下阵来的，也是他。他投入了爱，不仅因迷恋这个女人丰熟的肉体，在一次又一次的冲突中延宕与迁就，同时间，他从未意识到，自己的一生输给了一个秘密。汉娜的失踪与藏匿，突如其来。他们仪式一样的幽会，已千篇一律。洗澡、朗读、做爱。他为这个女人朗读，以他们的母语，《奥德赛》《战争与和平》《一个窝囊废的生涯》。比起性事，她似乎对此甘之若饴。

在她不告而别之后，重逢已是在法庭上。米夏以法律系实习生的身份，列席纳粹集中营罪行的审判。而被告之一，正是汉娜。汉娜在二战时期做过纳粹集中营的看守，因对三百多名犹太囚犯的死亡负有责任而受审。米夏心中的煎熬随审判的进行日剧加深，而汉娜往日的秘密也初现端倪——她是个文盲。她一直保守着不可言说的秘密。而她的一生，也为这个秘密而左右。"她害怕暴露出来。这也是她拒绝被培养成电车司机的原因，因为做售票员可以掩盖她这个缺陷，而一旦成为司机，弱点就非露馅不可。这也是她要离开西门子公司，而去当一名看守的原因。这也是她自己承认写了报告，而拒绝邀请专家来鉴定笔迹的原因。"汉娜揽下了所有的罪名，最终被判终身监禁。米夏为自己明知汉娜的秘密，但却没有勇气替她澄清罪责而负疚，私人罪感与公共罪感——为纳粹期间"德国罪过"所负有的罪感——之间形成了冲突，也为"二代记忆"提出了它所特有的记忆伦理难题。

这构成了在八年以后，米夏再次成为朗读者的起点。其间，他经历了失败的婚姻，乃至受挫的性爱。他寻找过的每个女人，都有汉娜的轮廓。他重读《奥德赛》，发觉这个故事，说的不是回归，而是重新出发。于是，他又开始朗读，并录音，将它们寄给了服刑的汉娜。施林兹勒、契诃夫的短篇小说，海涅与默里克的诗歌。第四年时，他收到了汉娜的回信。"小家伙,上个故事很特别。谢谢。"汉娜依照他寄来的磁带,与书籍的阅读,学会了写字。

是的,看到了这里,我怦然心动。类似于某种逻辑的打通。不是文学的逻辑,而是汉娜人生的逻辑。她终于可以真正通顺地梳理自己,而非一味无原则地羞愧。她一生的罪感,起初来自掩饰。掩饰的是自己与文明之间的鸿沟。不惜卑微地退缩,企图泯然众人。但当她学会了读写,却清晰地发现,自己更为深切的罪。在狱中,她找来阅读的是犹太人幸存者的文学作品——普里莫·莱维、埃利·威赛尔、让·埃默里(Jean Améry)等人写集中营的书,还有赫斯的罪行录与阿伦特关于艾希曼在耶路撒冷被处绞刑的报告。

书中并未以任何叙述视角透露,这些作品给予汉娜的影响。但她在自尽之前,十分妥帖地安排了将自己一生的积蓄,留给了指向她罪行的那场大火中唯一的幸存者,一位犹太裔的女作家。

这其间有清晰的隐喻意义。她作为战犯,向德国"二代记忆"的记录者所表示的忏悔与救赎。而这一切,以"无知"开始,以"文明"结束。小说未写其觉醒,但却在法庭上借汉娜之口,质问了法官:"此时此境,你会怎么办?"

"文盲"是一个简单粗暴的解释罪行的理由。而深谙文明内核的社会精英，曾如汉娜一样地做出自我的选择。这是战后的德国，在不断强化对道德机制的开启，重新反思过去的绵长过程中，积极致力面对的问题。"雪崩中，没有一片雪花觉得自己有责任。"斯坦尼斯洛的名句，道出了历史的吊诡，也道出了每一个平庸的恶者内心的狡猾与麻木。汉娜或是幸运的，因其"文盲"的身份、支离破碎的知识体系。"识字"的过程，造就其重新认识世界和自我的过程。在蒙昧中拨云见日。而精英者，代表着这世界上的拥有朗读权力却甘于"默读"的人。他们和文明之间，存在着自欺欺人的断裂。他们如此笃定于自己的行为，做一片尽忠职守的"雪花"。勇敢者，可倾覆自己，面对荒凉过后的泥泞；懦弱者，抱残守缺，了此一生。

在这个过程中，文明乃至艺术，扮演了什么角色。德国戏剧家彼得·施耐德回忆二十世纪六十年代中期，奥斯威辛审判时他参加学生运动的情形。他所关注的是，如何处理在家庭结构中面对父辈的感情，与将之放在历史节点评判时所带来的道德困惑。他的父亲是一位作曲家和乐队指挥，他说道："就在我们反叛的时候，我们也尽力保护自己的家庭。我们从来没有问过父亲这个显然该问的问题：当犹太人音乐演奏者一个个被清除出乐队的时候，你做了些什么？"可叹的是，这个问题，恰与一部电影构成了微妙的互文。这部电影叫作《钢琴家》

（*The Pianist*），取材自波兰犹太裔作曲家和钢琴家瓦拉迪斯罗·斯皮曼（Wladyslaw Szpilman）的回忆录。其恰从受害者的角度，对这个问题给予了回应。斯皮曼在迫害中流离，偶遇德国军官威尔姆·欧森菲德，被认出是犹太人。问及职业时斯皮曼说自己是一个钢琴家，于是被要求演奏一曲。斯皮曼演奏了肖邦的第一号叙事曲，琴技折服了欧森菲德。他因此决定协助斯皮曼躲藏，并定时提供生活所需。不言而喻，这对于斯皮曼最终逃出生天提供了重要的帮助。军官的设定，亦符合《夜间守门人》式的刻板印象。表面上看，由于艺术的共情性，造就欧森菲德施以"小善"，从而保留了一个伟大的"艺术家"。但究其底里，斯皮曼得以幸存，并非因为他是一个犹太人，甚至是"人"，而是因为他是杰出的艺术载体、他精湛的技艺。得以全身，恰在于其本人被充分地"物化"。艺术家超越国族立场的个人经历，并不鲜见。在巴黎寻求政治避难的苏联芭蕾舞者雷里耶夫，也是一例。我曾经在《北鸢》中写到京剧名伶言秋凰，为票友和田中佐所赏识，纳为知音禁脔。但成败一萧何，因为对京剧的痴迷，其最终为前者所刺杀。完成了民族大义的言老板，说到底，恰是实现了从艺术的替代物，最终觉醒为"人"的过程。

某种意义上说，"朗读者"米夏，也是一个载体。他承载了"过去"

的文明的总和，也代表着过去向现在的发言。面对"无知"的打破，"朗读"的意义，并非摧枯拉朽式的，而是绵长、温和、润物无声的。它的漫长，提供了一个个可供思考、反刍与咀嚼的空间，并与少年的成长，同奏同蹚。事实上，少年成长或是认识历史最为直接的镜像。或许残酷写实，如君特·格拉斯的"但泽三部曲"，其中《铁皮鼓》和齐格飞·蓝茨（Siegfried Lenz）的《德语课》（*Deutschstunde*）同样恳切；或许如哈哈镜，是喜剧外衣下的阴翳，笑中有泪，如贝尼尼的《美丽人生》。但总有着某种清晰而切肤的铭刻。何况，《朗读者》的因由，是一名成熟女性对少年情感与肉体的喂养，在这面目严正的民族文学谱系中，莫名地有了象喻的禁色之美。

在一次缠绵的旅途之后，米夏写了一首诗，模仿自他彼时正热烈阅读的诗人里尔克和贝恩。这首诗如此贴切地表达了他对汉娜的感情，或许亦可视为一首唱给历史的挽歌：

> 与君同心，两心相互来占有 / 与君同衾，两情相互来占有 / 与君同死，人生相互来占有 / 与君分袂，各自东西不回首。

葛亮

梨与枣

尘封的作品，与人生的幽灵——斯蒂芬·茨威格《昨日之旅》

对于作家遗作出版这件事，一向觉得，是世界上最大的悖论之一。成名作家身后，作品无继，总是成为某种莫名的悬念。这是读者们引颈期待的原因。而如果伴随着作家本人的经历，或与此相关的社会议题，会带来某种在世作家得不到的关注，比如近年如火如荼的 Me Too 运动背景下出版的《房思琪的初恋乐园》。但从另一个角度，出版遗作是否符合作家本人的意愿，则是引起广泛讨论的焦点。

塞林格以《麦田里的守望者》一举成名，被誉为美国二十世纪最伟大小说家之一，一生只出版过《九故事》《抬高房梁，木匠们；西摩：小传》《弗兰妮与祖伊》《麦田里的守望者》这四部作品。事实上，即使在他搬到新罕布什尔州乡间隐居，依然笔耕不辍，写足了六十年。这期间，他的习惯，却是将这些写好的作品束之高阁，使读者的期盼成为一厢情愿。1974 年，塞林格在接受《纽约时报》的采访时说，不发表任何作品给他带来的是"绝佳的安宁"。然而，今年塞林格诞辰百年之际，他的儿子、遗传监护人马特·塞林格已公开表示，将在未来十年间出版塞林格在世期间尚未发表的遗作。相似的情形，在华语世界也出现。1995 年张爱玲去世后，长时间以来，张迷们反复品读的，是她已出版的经典之作。但在2004年,台湾皇冠忽然出版了她的一部遗作《同学少年都不贱》。这部小说何以尘封,在张爱玲写给夏志清的一封信中,可以窥见端倪:"这篇小说除了外界的阻力,我一发送也就发现它本身毛病很大,已经搁开了。"甚而张爱玲在给另一好友宋淇信中也说,"我想我是爱看人生,而对文艺往往过苛",因此"打消此意"。但作家一旦去世,自然就失去了对自己作品的支配力。自《小团圆》起,近年张爱玲的遗作《雷峰塔》《易经》《少帅》等,频频以新作形式面世。不知作家泉下,可作何想。

继北宋彭几"鲥鱼多刺,海棠无香"后,张爱玲将"红楼未完"视为与之并称的人生三大恨事。可见其在遗作之事上,自有心心念念。众所周知,她对"红楼"的加持不遗余力。少年即作《摩登红楼梦》,晚年"十年一觉迷考据"投身《红楼梦魇》。1961年,作为电影编剧的张爱玲,为香港"电懋"公司编写《红楼梦》剧本,鞠躬尽瘁,写至眼角结膜流血,手稿却不幸散佚丢失,可说是两位杰出作家惺惺相惜、古今神交后的未竟之憾。在《红楼梦魇》的序言中,张爱玲写道:"红楼梦未完还不要紧,坏在狗尾续貂成了附骨之疽——请原谅我这混杂的比喻。"这当然也并非仅只《红楼梦》的宿命,何止"四大"无一幸免,古往今来,总有庸常者以挑战名著之姿,作一己意犹未尽之代偿，但又难脱附骨之态，多以"续""后""补""别""残"为名，说来亦十分可叹。

遗作未完，便顺其自然，由它金瓯之缺，长久后，憾事或许亦成佳话。这好比"断臂的维纳斯"，自出土于米罗岛，于今其知名度早已远超"美第奇的维纳斯"和"科隆那的维纳斯"两件杰作。可见，我们在肯定"完美"的同时，也不期然为此相关的审美付出了代价，即失却了"断臂"所凝聚的开放与重认的姿态。现代文学谱系中，沈从文书写湘西的长篇小说《长河》，因未完，其中包含的"常与变""传统与现代"之多种辩证，仍然予当代语境之讨论以无尽空间。而萧红的《马伯乐》，其起笔于香港，因作者染疾撒手人寰，只留下了一部半。二十世纪八十年代，由葛浩文在《时代评论》发掘而出版，成为萧氏作品中迥异往作风格的"异端"。其之残缺乃至结尾处的伏笔，恰亦成为萧红本人传奇一生的隐喻与互文。若说到对自我创作体系的旁逸斜出，*Goodbye* 作为太宰治真正意义上的遗作，大约令许多读者念兹在兹。四两拨千斤，其间嬉笑怒骂，和《人间失格》式痛彻于心的自我审视大相径庭。而小说结尾处的"未完"二字，大约可视为太宰对这世界最后的恶作剧了。

茨威格的《昨日之旅》，同样是一部"遗作"。在这本书的法文版"译后记"里，清楚地记载了它被发掘的过程："关于这篇小说，在很长的时间里，我们只知道它曾于一九二九年部分地收在维也纳出版的一个文集里。许多年以后，菲舍尔出版社的编辑克努特·贝克在伦敦 Atrium 出版社的档案库里，发现了一份打样稿，引起了他的注意。整整四十一页的文字，署着茨威格的名字：他发现的正是这部小说的完整版本，标题'昨日之旅'被划掉了。今天，我们决定保留这个标题，因为它如此贴合这个令人感动的爱的故事，相爱的男女被迫分开后、再也无法寻回过去。"文中所指的小说集，是《奥地利当代艺术家协会文集》，当时发表用的篇名《一篇小说的片断》，可谓随意而准确。虽然和小说全文出版相隔了二十六年，至少说明作家有发表的意愿，是无庸置疑的。不过划掉了小说的名字，多少表示茨威格对此的保留态度。以他精谨的小说要求，或许正是没有及时发表的原因之一。

小说篇幅不长，但时间跨度很大，从第二帝国时期，经历一战直至法西斯上台前夕。如此的历史跌宕，换一个作家，大概会写成鸿篇巨制。但茨威格似乎无意做任何细节性的展开，甚至有些部分，言简意赅到会让读者觉得是一个优秀的故事梗概。而作家唯独没有吝惜笔墨的，仍然是他所最擅长的情感线索。

男主人公"他"，我们通过文中可知其名路德维希，女主人公"她"

葛亮

梨与枣

则是一个叫作"G"的枢密顾问的夫人。事实上，茨威格对于笔下人物，一直没有认真取名的欲望。作为读者，有时你会惊叹他们何以如此不配拥有姓名。《一个陌生女人的来信》中的女主人公无名，男主人公只有姓氏缩写"R"，《一个女人一生中的二十四小时》中的女主人公是 C 太太，《象棋的故事》的主人公是 B 博士。

但是，就在如此简朴的命名背后，可以感受到华丽而深邃的人物心理铺设。而这甚至成为情节发展的强大动力。不可否认，这方面茨威格的确是一个神人。《昨日之旅》的主人公是一位年轻的化学专业博士。他的才华与勤奋得到了枢密顾问的好感和赏识。当后者病重卧床，提出建议路德维希搬进他的别墅，倚为心腹，担任自己的私人秘书。在婉拒而不得之后，为了自己的前程，心高气傲的路德维希勉强答应。然而，他进入了老板的豪宅，体会到某种"浓郁饱满的富贵气息"，不免呈现出了典型的于连心态。"他自己随身带来的东西，甚至他自己，穿着自己的衣服，在这间宽敞亮堂的房间里都显得很小，显得可怜寒碜。……他不由自主把他那坚硬笨拙的木头箱子藏在一张罩单底下，暗自羡慕他的木箱在那里找到了藏身之处，可以躲藏起来，而他自己在这间紧闭锁牢的房间里，则像一个溜门撬锁，被人当场抓获的小偷。"而最终让戒备冰融的，是这个家庭的女主人对他不动声色的、默然的好。

他欣赏的一幅画，称赞的一本书甚而是无意间流露欣赏的一条刺绣床单。这个女人总是及时满足他心中"微小的愿望"，如同"神话中为人效劳的家神"。这个涉世未深的青年，因此克服了寄人篱下的不安，对她产生了深深的依恋。

一个男人走向成熟，在青年时得到年长女性在精神上（有时也包含肉体）的喂养，似乎已成了某种艺术母题。施林克的《朗读者》为其中表表。晚近看了拉尔夫·费因斯执导雷里耶夫的传记片《白乌鸦》，其中一条副线，关于年轻的芭蕾大师受伤，借住在恩师亚历山大·普希金家中，却与日夜照看他的普希金夫人发生了恋情。同样是孤傲而自卑的内心，如沐春风，这个段落与《昨日之旅》异曲同工。但相对于前者，茨威格最终让这段感情发乎情而止乎礼，遏止了奔流的欲望。夫人道：我不能在这里，不能在我的、他的宅子里做这事。可是等你再来的时候，你什么时候要都行。

这句话成为临行余韵。老板派博士去墨西哥开采公司急需的矿石，创办分厂，两年为限。在这期间，他们唯一的交流方式，就是书信。他巨细靡遗地记录自己每天所做的事情，将之寄到事先约定的隐秘地址。然后便是漫长等待。"有时候他独处时，知道身边没有旁人，就拿起她的信来，按照她的声调一个字一个字地念出来，用这种方法，变魔术似的，把相隔遥远的心上人召唤到眼前。"这一笔写得颇为动人。茨威格喜好用信件表达人之间某种孤独且秘而不宣的联系，就如同《一个陌生女人的来信》中的无名主人公。那封厚厚的信札是她破败而幸福的一生。尽管在生命彼端的读信人，甚至连她的样子也想不起来。信件的意义莫过于时间的流淌中，给予人一点胆识与尊严，或者尚可宣示的谅解。在这一点上，极自然地联想起宫本辉的《锦绣》。宫本也是我喜欢的作家。写一对男女，在离婚多年之后重逢，以书信互相细数流年，也为彼此取暖。这样看，便仿若《昨日之旅》遥相呼应的东方镜像。只是茨威格终写个人命运被历史的挟裹。度日如年，正果将至，却因为二战，通信中断。天各一方，音信全无。茨威格如此写放弃："他有时还去取出她的信念来看，可是墨水已经褪色，字句不能再冲击他的内心，有次他看见她的照片，吓了一跳，因为他已经想不起她眼睛的颜色。"

他终于在彼岸娶妻生子，做世俗中诚恳的人。但战后却重有驿动，他借出差回国，造访夫人，约她故地重游。小说极妙的一笔，是他们似乎为了清偿十数年前的感情债务，心照不宣在酒店开了房间。但是，却体会了令人恐惧的难言窒息。他们逃离房间，彼此都感到赦免。

或许，信件中堆叠的爱与情欲，在现实中被剥落了画皮，暴露出了叶公好龙的本质。他们漫步在海德堡的街头,躲避着节日游行的队伍。

他对夫人念出魏尔伦的两句诗:"在古老的公园里,冰冻,孤寂／两个幽灵在寻找往昔。"这是多年被遗忘的诗歌,是想要复活的影子。然而终究是影子,带着多年各自人生的晦暗与冰冷,彼此交叠,合而为一。

他们在一起纯洁地成长——杜鲁门·卡波特《蒂凡尼的早餐》

电影制作中有一个手法,叫叠化。是在一个影像中,让另一个氤氲浮现。读《蒂凡尼的早餐》,总是看着两个人的人生,在彼此叠化。

一个是郝莉的,一个是卡波特自己的。

其实我至今都后悔,为什么读卡波特,要从《冷血》读起。那是让我的阅读感受震撼而不快的小说,可是,又无可挑剔。我难以想象卡波特在朗读会上,自己吟诵其中章节的心情。但是,读这些文字时,我总是如同手指触碰到了冰冷的锋刃般,有一种警惕。时刻想到,这是作家在现实中,放弃了一个生命的换取。

大约有这样的一个起点,再读卡波特,你会觉得,他的一切都可以饶恕。自恋、自大、虚荣和张扬。所有与成熟男性相关的品质,都与他无关。他出身不如意,却在并不漫长的青春中,享受着蜜糖一般的宠爱。在他的作品中,他在重复着这个主题。哪怕是相关于疼痛,也是玫瑰花刺所带来的,极度芬芳而馥郁。

《别的声音,别的房间》,是他的自传。《圣诞忆旧集》其实也是,但是却平朴了不少。大萧条年代,那个善良的远房姨婆呵护下的成长,是卡波特最初的童年剪影。

《蒂凡尼的早餐》的出现，似乎总是伴随着奥黛莉·赫本的面孔。无论是卡波特本人，还是包括村上春树在内的读者，似乎都并不称道。在原著中，郝莉的形象是这样的："调皮的小男孩一样，留利落的短发，头发的颜色像百衲布，褐色中间夹杂白金和明黄，眼睛好似打碎了的多棱镜，蓝色、灰色、绿色的小点像火星的碎片，发出一种生气盎然的温暖的光，周身散发着像早餐麦片一样的健康气息，像肥皂和柠檬那样清洁的味道。"

　　赫本自然是好的，只是她或许不合适去诠释郝莉这个角色。前者是不染的隔世莲花；后者是缤纷的马赛克中，一块斑驳的墙体，却有一种相对的倔强的洁净。电影对这个形象，处理得的确是有些简单化了，在开头男女主人公寄生于他人的浮华，结尾处又如此当机立断地觉醒，都让纽约氤氲不已的万般世象，失去了分量。

　　在小说中，郝莉称男主人公保罗为弗莱德，那是她应征入伍的兄弟的名字。是她于以往生活的一道烙印，那时她叫露拉美。这名字与弗莱德是一体双生。当男主人公向她提及，一切有所回溯。郝莉对前来寻她的丈夫说："千万别爱上野东西。要是你爱上野东西，你只有抬头望着天空的份儿。"郝莉更像是一头豹猫。来自山野，那身毛皮在大自然中是披荆斩棘的保护色；但在名利场中，即令人不辨出处的轻裘。似有若无,她又何曾忘记秣马厉兵的岁月。是的,郝莉就是这样一个"野东西"。她并非成长于规则,她没有一切虚伪或真实的拘囿。她只是她自己,用原始的直觉在一片莺歌中兵来将挡。这是她的铠甲,使她不受伤。

她面对男伴,无论是巨商拉斯蒂的背叛,还是贵族何塞的懦弱,或许都不及失去了弗莱德而伤心。因为那是她自身尚还完整的体面。二十岁太年轻,但其实已经苍老。萨克雷在《名利场》中写女版于连蓓基·夏泼在英国上流社会的丛林法则中步步为营;在维多利亚时代的旧贵族与资本新贵的弱肉强食的间隙中,颠簸浮沉。再是惩恶劝善,怎么看都是悲壮底色。而郝莉是举重若轻的,一如保罗送给她的在蒂凡尼买的圣克里斯多佛像章,是隆重的羽毛,可以被随手放在任何一个地方。她以对不安全感的强调,来抵御一切抛弃与挫败。或者说,她将一种自嘲,郑重化与装饰化,来保护自己本质的脆弱。"她的卧室永远有一种露营的气氛,没有正经的家具,木箱和手提箱都收拾妥当。"堂而皇之摆在客厅里的行李箱、公寓名牌上永远写着"郝莉在旅行",以及和她相依为命的那只没有名字的猫。在小说临近结束时,郝莉放弃了这只猫。有这样一段自白,"我早告诉过你,我们是一天在河边遇到的:就这么回事。都独立的,我们俩,我们相互之间从没有答应什么。我们从来没有"。

无法承诺,是为了不失望和不受伤害。这是一个完整的郝莉,我们终于可以在书之外获得一些真相。如果看过卡波特与玛丽莲·梦露的对话录,大约记得他们之间奇异的惺惺相惜。是的,一如村上春树所提示的,郝莉有某种"放荡的纯洁"。事实上,远在《蒂凡尼的早餐》之前,卡波特曾为梦露写过一个短篇《漂亮妞儿》。这篇小说的末尾是这样的:"光线逐渐暗淡。她似乎要混合着天穹和浮云随着光线一起消逝,远远消逝在云天之外。我想提高嗓门盖过海鸥的嘶叫,把她唤回来:'玛丽莲,玛丽莲,干吗什么事情都得这样终结,干吗人生就得这样糟糕。'"这段话,大致像是某种谶语,但足以将梦露的形象与郝莉叠合。

那张和梦露共舞的著名照片上,卡波特韶华已去,其实有一种令人不忍的笨拙。或许在青春少艾的梦露身上,卡波特看到了昔日的自己。他们的出身,与光怪陆离的纽约、上流社会之间,总如同水与舟的辩证。可浩瀚载之,可骇浪吞噬。因为他们是没有根基的,却像是使起了混天绫的哪吒,将浮华的名利场搅动得天翻地覆。此时他早已不再是那个为《纽约客》打工的"精灵古怪"的小子,他以为自己拥有了无上的话语权,他恣意地嘲笑这一派繁华中的愚蠢与肤浅。卡波特与之博弈的作品，大约是《应许祈祷》。这本事实上没有写完的书，在1975年的《时尚先生》开始发表。《莫哈韦沙漠》一章面世，令人质疑；第二章《巴斯克海岸餐厅》立时引起了轩然大波。因为个中，流传于欧美上流社会的秘闻，忽然间得到了证实。宛如皇帝的华服被倏然展开，让子民看到他尚在流血的痈疽。皇室与名流，甚至还包括他的作家同行们。我们从中随意选读两段，都令人心惊。"还有迷恋洛丽塔的威廉·福克纳——此人常常是神情凝重，举止庄严，心头压着两重的负担：一厢要惴惴不安地摆出上流社会的举止，一厢又在杰克丹尼威士忌带来的宿醉中挣扎。""外斜眼、面容白如馅饼，嘴里常叼着个烟斗的萨特跟他老处女似的姘妇波伏娃常常靠在一个角落里，像一对口技艺人扔弃的玩偶。"他将对自己的刻薄也用于他人，甚至都不屑于化名。这打破了上流社会心照不宣的游戏规则。他为这些"作为幻像的真相"付出了代价，从此被指斥为叛徒，欧美名利场的大门对他无情关闭。

卡波特在放纵的生活中失去了人生的准心。而即使在生命的最后，他依然保持着他想有的体面，他自语，"一直以来，我是个过度渴望认同与爱的男孩。我曾经拥有过，也失去过。现在，我要走了。遗忘，真是个很好的所在"。但临终前，他的遗言却如此简单："我是巴蒂，我冷。"是的，他还是那个《圣诞忆旧集》中的小男孩，那个孤独的，有着柔软金发的少年。他用哀伤的目光看着坐在防火梯上的短发的郝莉,如同看着镜中的自己。

我只不过是一个过了时的歌手——石黑一雄《小夜曲》

石黑一雄获得诺贝尔文学奖,令许多人意外。对大众而言,他是个在赔率榜之外的作家。对专业读者来说,顶着英国移民三雄的声名,他似太过规矩,既无拉什迪的瑰奇,又无奈保尔的放恣。人生经历似乎也一马平川,创意写作硕士出身。导师之一,是以哥特式的锋利书写而著称的安杰拉·卡特。但她欣赏的,却是石黑的冷静节制。

这样一个模范生般的写者,令媒体踌躇。一时之间,他们执着于讨论石黑一雄究竟是日本抑或英国作家,连带拿他与大热落马的村上春树之间的惺惺相惜,做起文章。当发现石黑与前任诺奖得主鲍伯·狄伦之间的精神薪火,一切似乎迎刃而解。

年轻的石黑是个乐迷,甚至留着长发,在巴尔莫勒尔做过打击乐手。最初的梦想是成为唱作音乐人,以雷纳德·柯恩为楷模,然而如同许多并不得意的艺术青年一样,他未得到乐坛的善待。即使日后声名鹊起,他仍耿耿于心地将小说称为"长版的歌曲"。因此,他将唯一一部小说集命名为《小夜曲》,便不足为奇。

事实上,石黑的文字予我的印象,可以"端穆"来形容。能从中读到教养良好的绅士气息,法度谨严。笔下,并非移民作家对类似"离散"

主题的通常处理，与东方原乡的联络，进一步构成某种合璧式的行文风致。他以英文写作，字里行间，却流淌着日本文学"物哀"的品性。主题往往总是一个面对过去的人，与旧日的冷静缠斗。因此，他对故事的表达，带有一种凝滞的细腻。不错分毫地勾勒出一己经验内外的哀愁轮廓。最典型的，是他的代表作《长日将尽》。一个英籍管家，或者义仆，恪尽职守，追随的是主人的荣耀与挫败。他附身于别人的人生，也间接地被历史之手拨弄。但亦因地位的缘故，人生的轨迹并无大的开阖。主人声名败裂，他在陷入颓唐之后，也依旧延续了惯常的生活。即使一段引而不发的爱情，也恰到好处地留有体面的遗憾。这是一个不彻底的人物。石黑小说的动人处，在为笔下人物赋予那么一点仪式感，几乎成为证明后者存在与尊严的依持。清晰记得这部小说的开头，作家写道："两个星期前的一个下午，我在为挂在书房的那些肖像除灰，我正在活动梯子上清除韦瑟比子爵画像上的灰尘，这时，我的主人走了进来。"石黑的描述中，往往有精确的细节，成为某种昭示人物性情的标的，或故事发展的刻度。时间与空间，亦因此而神形兼备。

回到《小夜曲》，我想说，这是石黑较为任性的一部作品。因叙事上并不以静谧准确为要义，而每一篇都隐藏暗涌。这暗涌以晦暗的常态人生为始。小说的主脉是一个插曲,却多有亮色。即使惨淡收场,但着笔轻盈,终不致悲情叠加。"哀而不伤"始终是石黑文字的优点,因为笔触间的分寸。总体观,这部小说集仍可见一如既往的形式感。故事皆以不可靠的叙述者"我"切入,多是不得志的音乐家,各有一段不为人知的过往。这并不是小说落墨所在。真正的主题,是因短暂的不期而遇,无可选择地介入并窥伺了他人命运。其中三篇,皆关乎婚姻状况动荡的夫妇。《伤心情歌手》写来自波兰的吉他手,偶然邂逅母亲的偶像歌星托尼·加德纳,却目睹了后者为了事业的东山再起,不得已离弃深爱的妻子以图再娶,只为重新进入公众视野。"我只不过是一个过了时的歌手。"加德纳为妻子准备的送别礼物极尽浪漫,在威尼斯的河道上,由吉他手伴奏,在妻子窗下唱出点染他们新婚记忆的歌曲《我太易坠入爱河》。然而"歌唱完了,宁静和黑暗包围了我们……可加德纳太太的窗户什么情况也没有。"《不论下雨或晴天》,则写雷蒙德对于昔日老友夫妇的探访,体验家庭生活的琐屑以及在经年之后的厌倦。雷因为一本记事簿,窥探了二人各自的心事。虽然好友婚姻困顿,但是仍选择平淡而麻木的和解。最后,雷与女主人在音乐中相拥而舞,伴着萨拉·沃恩1954年版的《四月的巴黎》。《莫尔文山》则写怀才不遇的作曲家,暂别伦敦,寄居在莫尔文山的姐姐家打工。一次旷野里的即兴演出，得到来自瑞士的职业演奏者的赏识与青睐。然而他一时的恶意，却成为后者七年之痒的导火索。石黑的小说，有一种奇妙的讲述格调，在回忆的框架中，展现着今昔的嬗变。这变化的格局，并不宏大，却有如水滴石穿。《小夜曲》一篇写整容的萨克斯乐手，与女明星的同病相怜，鲁莽地缝合了两个人的过去与未来。恶作剧与自尊心，粗砺地碰撞，几乎有些冒犯了作者文字的优雅，却足以在一刹那，令读者心底荡漾。我们不自觉地代入"我"的视野，去感受当事者的落寞，又或者在自我揶揄间，触碰可望不可及的理想。《大提琴手》是小说集中最为令人绝望的作品，写所谓默契的不可信任，以及对乐观与才华的无奈嘲弄。两个人背叛体制与格律，企图建立一己的艺术乌托邦，终被平庸的现实所磨蚀，进而吞噬无踪。

"轿内的人儿弹别调，必有隐情在心潮。"这是石黑一雄，文字没有铿锵之音，有的是仿佛认命的淡和，甚而顾左右而言他。但于你我，却似浸润了昏黄底色的暗诉款曲。为曾经对生活日常的一点哀愁与歉意，或许些微值得怀念的言不由衷。一如他为Stacey Kent填的歌词，"你没有理由去在意，只需要好好照顾自己。再来一个肉桂煎饼，在晨间电车吃早餐，很快你就会忘记曾经的心碎"。

葛亮 梨与枣

他已对时间几乎失去感觉——亚历山德罗·巴里科《绢》

在印象中,巴里科或是最具诗意与仪式感的小说家。另一位是《锦绣》的作者宫本辉。你可以说,他们搭建的是生活的海市蜃楼,也可以说,他们写出了人生的骨骼。

为巴里科带来盛名的,是《海上钢琴师》。那个叫 1900 的天才演奏家,只有在惊涛骇浪中才可与音乐纵横捭阖。他选择终身与大海为伴,无缘泯然岸上众生。或者这便是宿命。托纳多雷将之改编为同名电影。主调则是人类无法克制的孤独。那个患有幽闭恐惧症的船长,在一个弃儿那里获得了救赎。所有悖论一样的存在,都在小说里恰到好处地被安置。然后出其不意地消逝,尘归尘,土归土。

《绢》(*Seta*),是一部开头富有野心的小说,在于其铺设的背景。前所未有的蚕虫瘟疫,带来法国丝织业的凋敝,神秘而闭锁的东方(日本),成为冒险家自我拯救的期冀。年轻的军人荣库尔,带着使命感踏上征途。东西间的文化互涉,似乎一直以来,都是最美好且具恶意的文学主题。它代表了两种力量的提防、试探、抗衡,而后交媾。不免因此陷入了某种刻板印象。强健西方的霸权与征服,古老东方的神

注:《绢》内地译名《丝绸》,电影名同《绢》。

秘与迎合。国族层面的文化博弈往往以性别拟态。《艺妓回忆录》《大班》不外如是。不可自拔地迷上巫女一样的东方女子，是白种男性的宿命。但普契尼的《蝴蝶夫人》如教科书一样地宣示了宿命的结局。荣库尔未能免俗，他爱上的甚至是个不知姓名的日本妇人。当他踏足化外禁忌之地（一八五四年之前日本尚处于锁国时期），在与当地贵族原卿交易的过程中，看到了他的妾侍，一个"眼睛不是东方人形状"的女子。这个关于面目的细节，在小说中被巴里科一再重复，令人联想起莫迪里亚尼的画中人。这构成了荣库尔迷恋的起点，自始至终。也由此而摆脱了某种东方主义式的故事窠臼。无关倦态与抛弃。这个贵族女子，与荣库尔语言不通。谜语一样的字条"你返乡，我将亡"，成为游丝一样的牵挂。唯一一次做爱，亦如太虚幻境。即使在最后相见时的沉默交流，这女子形象仍是冰冷依稀。或许，如此便是这国家于男主人公印象的缩影。在这桃源一样的异域，他们一面无情地播种现实。船坚炮利打破了闭锁的国界，输送与索取。荣库尔见证了这个国家的内战与变革。旁观自己的欧洲同胞，将武器卖给日本政府与反对者，渔翁得利。一面将更多的蚕种带回法国。但是，他亦看到这个国家在时代的错乱中，如何保留了令人惊诧的美与精妙的仪态。贵族原卿所居住的府邸，"纸质屋壁上影像时隐时现，无声无息。不像居家过日子，如果有一个词可以形容这一切的话，那就是——演戏"。他豢养着价值连城的飞鸟，即使在战争中逃亡，亦有如乐章。那只巨型的鸟笼，成为荣库尔难以释怀，并且在晚年致力复写的人生摹本。

在四次远征日本后，荣库尔解甲归田，建立自己的秘密花园。采菊东篱，只见南山，却在六个月后收到了一封七页糯米纸的日文长信。文字有如密集的"小鸟脚印"。他求助于城中的日裔名妓布朗夫人。以下章节是整部小说的高潮，布朗夫人口述，是以那个日本女子的口吻，回顾与叙说了与荣库尔做爱的全程。"我们将不再见面，先生。"信件的结尾，小说写道，荣库尔"对时间几乎失去了感觉"。

心静如水的岁月。五年之后，荣库尔的太太去世，在墓前出现了布朗夫人小朵蓝花的花环。他终于知道，这封信真正的作者，是自己的太太。那个影子一样，生活在他人生的荣耀及黯淡的角落里的海伦。她以一个女人全部的包容与原谅，想象与回馈了丈夫的异国恋情。

这是我喜欢巴里科的全部。他对人性的珍视，体现在每一点隐忍与触碰。他懂得人生与时代所有的汹涌，却不加臧否。如蚌生珠，小心地包裹那些不堪与脆弱，只待见天日，熠熠而生。一如他的文字："鸟儿飞得很慢，在空中上上下下，好像要将天空擦拭干净。用它们的羽翼，很小心地。"

第七章 太虛境

不在梅边,在柳边——汤显祖《牡丹亭》

白先勇先生晚近出了一本书,《一个人的"文艺复兴"》,自称这四个字是他一生的关键词。究其渊源,是他认识到了中国文化在近一两个世纪的衰落。"我们好像在世界上的发言权都没有了,我想这是我们这个民族每个人内心的隐痛。"而文艺复兴之路在哪里。"五四"时期,我们曾经从西方文化里找灵感,然而其途也艰。"一种文化,没有根是不行了。"白先生最终回到了我们自己的传统中去,在传统的根基上创新。确实也这样做了。自1982年,他投身于对中国六百年历史的老剧种的推广,以"昆曲义工"为己任,一做就是三十多年。

再做追溯,白先生第一次接触昆曲是在1946年,在上海美琪大剧院。梅兰芳战后第一次公开演出,与俞振飞合演《游园惊梦》,其中有一段"皂罗袍",绕梁三日,挥之不去。可谓念念不忘,必有回响。一九八七年,白先勇归游南京,在"兰苑"剧场,观摩名角张继青的拿手戏"三梦"。白先生回忆,"台上,张继青'用一把扇子就扇活了满台的花花草草'""在台下,我早已听得魂飞天外,不知道想到哪里去了"。

或许这一切,皆为2003年青春版《牡丹亭》奠定前缘。一出九小时的经典大戏,台上台下,皆为年轻面庞。三个晚上,让一众从未欣赏过昆曲的大学生如痴如醉。2006年，青春版《牡丹亭》赴美国巡演。美国媒体评价说，"这是自上个世纪30年代梅兰芳赴美演出之后，中国戏曲界对美国知识界产生最大影响的演出"。

说起笔者个人有关《牡丹亭》的回忆，深刻的大约有两次。2002年，白先生应香港中华文化促进中心和康文署之邀访港，协同苏昆来我的母校港大做昆曲讲座与示范演出。陆佑堂人头涌涌，全为看一折别开生面的《惊梦》。此次演出，后被白先生称为青春版《牡丹亭》诞生的渊源。饰演柳梦梅与杜丽娘的演员，也即后来在青春初版中担纲的俞玖林和沈丰英。至今保留着与二位的后台合影。他们当时都是极年轻，看罢演出后，却令人心生敬意。所谓风神俊逸，古典的神采间，有种沉着与神态流转间抑制不住的放达与随性。那是在作科与格律之外的。也因此，真理解了杜丽娘的心相，"可知我常一生儿爱好是天然"。竟是如此可观可触。此后的十数年，看过若干《牡丹亭》的版本，总会回溯那一次的惊鸿有声。或许便是只如初见的魅力。另一次，是我返归南京乡里，拜访昆曲大师柯军龚隐雷贤伉俪。师姐习学昆曲经年，席间献唱并向龚老师求教。龚老师亲身指点并当场示范，又正是《惊梦》一折。虽是清唱，甫一开口，气韵流转间，竟是令人忘却当下凡俗的如醉如梦。所谓绕梁三日，大约由那一瞬的点染神采为起始。也便理解了所谓青春芳华,厚积薄发。只一瓢饮,便令人有微醺之意。

  一位叫汤显祖的戏剧家,在四百年前写下"临川四梦"。而其自称"一生四梦,得意处唯在牡丹"。此剧成于万历二十六年,时汤氏弃官归里。沈德符《万历野获编》载:"《牡丹亭》一出,家传户诵,几令西厢减价。"那么声名卓著的《牡丹亭》,究竟是个什么样的故事?

  南安太守杜宝之女杜丽娘,青春少艾,冶丽多情。但其在父母严格家教束缚下,青春窒碍。一日,春至游园,睡梦中与书生柳梦梅相会欢好,情愫萌动。醒后为情思所扰,后竟伤春而逝。三年后,柳梦梅赴考,经南安,借宿杜丽娘归葬处。其拾得杜丽娘自画像,爱慕不已。杜丽娘阴灵自画中出,与柳生幽媾。柳梦梅知情后掘墓开棺,杜丽娘复生,结为夫妇。但杜宝却以盗棺罪名囚禁柳生,并强迫丽娘与之离异。后梦梅得中状元,两人终得团圆。

  即使以当下之眼界,这故事穿越生死,仍可谓奇情迭转。而汤显祖在《题词》中有云:"如丽娘者,乃可谓之有情人耳。情不知所起,一往而深。生者可以死,死可以生。生而不可与死,死而不可复生者,皆非情之至也。"方生方死,向死而生,皆为一个"情"字。此亦为我们认识《牡丹亭》的题眼。

汤氏之"至情"说,其成形绝非偶然。汤显祖生活的明中叶,王朝江河日下。在思想上,具有民主性的市民阶层抬头,个人意识凸显,砥砺礼法秩序,其中尤以冲击程朱理学的思潮为盛。人们逐步形成新的观念,将"人"从神圣的伦理规范与枯燥的理学桎梏中挣脱,置身鲜活的现实生活中,体味世俗人情和感性欲望的合理意义。从而肯定追求俗世生活,独立个体和自由个性。理学崩溃,王学兴起。王阳明反对程朱繁缛仪节和束缚人性的教条,其引导了继魏晋以来,中国思想精英对人的感性欲求的大规模思考。这些思想被泰州学派继承及发展,王艮的"百姓日用即道"、何心隐的"育欲"等,无不是对人自然欲求的重视。而汤显祖在青少年时期师从罗汝芳(王艮门生),在思想上受到泰州学派的深远影响。陈继儒《牡丹亭题词》,张新建相国,尝语汤临川云:"以君之辩才,握麈而登皋比,何讵出濂、洛、关、闽下?而逗漏于碧箫红牙队间,将无为'青青子衿'所笑?"临川曰:"某与吾师终日共讲学,而人不解也。师讲性,某讲情。"汤显祖公然以情抗理,提出"世总为情,情生诗歌,而行于神,天下之声音笑貌大小生死,不出乎是"。由此可见,《牡丹亭》很大程度上为明中叶启蒙美学思潮的产物。在各种思想纷争中,汤显祖博采众长,择善而从。

其甚为感佩的李贽与达观禅师，以"童心"和禅宗反程朱，亦为汤氏思想观与戏剧观的形成，提供了重要背书。他在《寄达观》一信中云："情有者理必无，理有者情必无，真一刀两断语，使我奉教以来，神气顿王（旺）。"可谓气势如虹，壁垒分明。

汤显祖为杜丽娘赋予"一生爱好是天然"的性情，可说其心志自喻。在此之前的文学作品，女性执着于爱情不乏其例，然个人意识之觉醒，却至《牡丹亭》的这位主人公方显气象。我们回到令白先勇先生念念不忘的那段"皂罗袍"。

【皂罗袍】原来姹紫嫣红开遍，似这般都付与断井颓垣。良辰美景奈何天，赏心乐事谁家院！恁般景致，我老爷和奶奶再不提起。（合）朝飞暮卷，云霞翠轩；雨丝风片，烟波画船——锦屏人忒看的这韶光贱！

这一段文字的绚烂之美下，深藏压抑不住的强烈生命律动。"原来"二字十分重要，可见其"不甘"之情跃然纸上。"游园"之举，对杜丽娘来说事出偶然，是侍女春香发现所致。在此之前，其囿于深闺，为严格家教所管束。官宦之家，"娇养他掌上明珠，出落的人中美玉。""西蜀名儒,南安太守。"杜宝家规谨严,时查问女儿日常。杜母答"常向花荫课女工",春香不慎透露小姐"绣了打緜(眠)"的慵倦。太守继而教训,提醒杜母对女儿行止防微杜渐,甚而"怪她裙钗上,花鸟绣双双",生怕惹动情思,并延师管教。《闺塾》一章,可见杜丽娘与塾师之间的观念缠斗。陈最良是一介腐儒,"自幼习学,十二岁进学"却"观场十五次",乡试次次落选。"灯窗苦吟,寒酸撒吞。科场苦禁,蹉跎直恁。"他为杜丽娘解讲《诗经》,着眼"后妃之德","有风有化,宜家宜室"的说教伦理,丽娘却"自会"于《关雎》"为诗章,讲动情肠"。"关了的雎鸠,尚有河洲之兴,可以人不如鸟乎!"这自然是"靠天六十来岁,从不晓得伤个春"的师父所不理解的。由此在游园之后,其将春色移情于自身。"天呵,春色恼人,信有之乎!常观诗词乐府,古之女子,因春感情,遇秋成恨,诚不谬矣。吾今年已二八,未逢折桂之夫;忽慕春情,怎得蟾宫之客?"即此,其在花神保护之下,与柳梦梅云雨,则是水到渠成。汤显祖省却了诸多繁文缛节,如表白、试探,而大胆直达情欲本质,可谓是对生命本体最到位的刻画。这也为其后的出生入死、死而复生奠定了基础。因情爱的虚空与痛苦,深感"这般花花草草由人恋,生生死死随人愿,便酸酸楚楚无人怨",杜丽娘一病而不起。照见自己病容,自叹:"哎也,俺往日艳冶轻盈,奈何一瘦至此!若不趁此时自行描画,流在人间,一旦无常,谁知西蜀杜丽娘有如此之美貌乎!"此时,杜丽娘的觉醒与自嗟落定为对现实对抗的高潮。

【莺啼序】问丹青何处娇娥,片月影光生豪末?似恁般一个人儿,早见了百花低躲。总天然意态难模,谁近得把春云淡破?想来画工怎能到此!多敢他自己能描会脱。且住,细观他帧首之上,小字数行。(看介)呀,原来绝句一首。(念介)"近睹分明似俨然,远观自在若飞仙。他年得傍蟾宫客,不在梅边在柳边。"呀,此乃人间女子行乐图也。何言"不在梅边在柳边"?奇哉怪事哩!

【集贤宾】望关山梅岭天一抹,怎知俺柳梦梅过?得傍蟾宫知怎么?待喜呵,端详停和,俺姓名儿直么费嫦娥定夺?打摩诃,敢则是梦魂中真个。好不回盼小生!

【黄莺儿】空影落纤娥,动春蕉,散绮罗。春心只在眉间锁,春山翠拖,春烟淡和。相看四目谁轻可!恁横波,来回顾影不住的眼儿睃。却怎半枝青梅在手,活似提掇小生一般?

清代洪升这样评价《牡丹亭》,"肯綮在死生之际,记中《惊梦》《寻梦》《诊祟》《写真》《悼殇》五折,自生而之死,《魂游》《幽媾》《欢挠》《冥誓》《回生》五折,自死而之生。其中搜抉灵根,掀翻情窟,能使赫蹏为大块,逾糜为造化,不律为真宰,撰精魂而通变之。"而通观全剧,可知其出入生死的关节,在一个"梦"字。所谓"因情成梦,因梦成戏"。吴小如评曰:"我们的汤显祖在四百年前已成为写'梦'的专家了。""梦其人即病,病即弥连,至手画形容,传于世而后死。死三年矣,复能溟莫中求得其所梦者而生。"话本《杜丽娘慕色还魂》中称柳梦梅是"因母梦见食梅而有孕,故为此名"。汤显祖对其改动,《言怀》中,这位岭南才子自道:"每日情思昏昏,忽然半月之前,做下一梦,梦到一园,梅花树下,立着个美人,不长不短,如送如迎。"又说道:"柳生,柳生,遇俺方有姻缘之分,发迹之期。"因此改名梦梅,春卿为字。可见,此梦有因缘前定之意。梅柳二人花间相见,才有"是那处曾相见,相看俨然,早难道这好处相逢无一言"。杜丽娘一梦而死,柳梦梅因梦改名。柳梦为杜梦之引。"互梦"因情而生,二人执着于梦,故消融幻境与实境之界线。化虚为实,浑然一体,难辨彼此,以有证无。柳生梦梅下美人,因而确实寻得丽娘的埋骨之处;丽娘梦见柳生持柳,为日后在现实中寻找爱人提供佐证。而沟通阴阳故事，也正因"寻梦而亡"之故。"梦"成为故事结构的分界点及接合处，也作为一种手段可纵横于人物的深度心理，进而潜入人物生命感受及情感体验。

值得重视的是，在梦中反复出现的"梅""柳"意象，《牡丹亭》全剧五十五处，在十二出中均有出现。清初吴吴山三妇评《牡丹亭》第十出《惊梦》有批语："牡丹亭，丽情之书也。四时之丽在春，春莫先于梅、柳，故以柳梦梅，杜之梦柳寓意焉。""梅""柳"所象征的梦境所现，是独立甚而平行于现实世界的情欲或理想空间，也是两位主人公的生命指涉。《写真》中柳生拾丽娘自画像，有"半枝青梅在手"，已见杜以梅自喻，并作为自我的象征与依托，而后穿梭阴阳，以"梅"之本，不见忘于柳生。丽娘死后的杜府成为"梅花观"（《闹殇》）；姻缘簿上记载杜柳日后"相会于红梅观中"（《冥判》），甚而丽娘魂魄亲口道出："梅花似俺杜丽娘，半开半谢。"（《魂游》）

而"柳"的意义，则通过杜丽娘的反复强调，而确认与柳梦梅的身份关联。"那梦里书生，曾折柳一枝赠我。"（《写真》），"咱弄梅心事，那折柳情人。"（《诊祟》）"则为在南安府后花园之下，梦见一秀才，折柳一枝，要奴题咏。"（《冥判》）"曾于柳外梅边，梦见这生。"甚而以柳推测"此莫非他日所适之夫姓柳乎？故此警报耳"，由此，"不在梅边在柳边"如谶语前定，象征杜丽娘的生死归宿。而"折柳而赠"，则象征其重生。柳暗示了出生入死，由死而生的过程。

事实上，柳生对丽娘之复生，可谓关键。"既与情鬼魂交，以为有精血而不疑；又谋诸石姑，开棺负尸而不骇；及走淮、扬道上，苦认妇翁，吃尽痛棒而不悔。"即此，"梅""柳"可视为情爱隐语，贯穿全文始终，《幽媾》一出可谓达至高潮。杜丽娘于斯有一段心声。"妾千金之躯，一旦付于郎矣，勿负郎心，每夜得共枕席，平生之愿足矣。""人世之事，非人世所可尽。"对汤显祖而言，生死梦萦，以幻梦写人世，是达至"情之至者"的必由之路。书中颇具意味的一笔，是丽娘还魂后，梦梅欲与之欢好。丽娘回道："秀才，比前不同。前夕鬼也，今日人也。鬼可虚情，人须实礼。""至情"回归现实，仍可见其在"理"与秩序面前的无奈。丽娘之复生，以是观，幸耶不幸。

《牡丹亭》行世之后，家传户诵，影响深远。据传与汤显祖同时代的娄江俞二娘，读罢断肠，以朱砂批注全本。后感伤幽愤而逝。汤氏闻讯悼曰："画烛摇金阁，真珠泣绣窗；如何伤此曲，偏只在娄江。"杭州女伶商小玲，扮演丽娘妙绝，每演《寻梦》《闹殇》，如身临其境，缠绵悱恻，后竟演中悲伤过度而亡。扬州少女冯小青挑灯闲看《牡丹亭》，和泪研墨，赋诗喟叹："人间亦有痴于我，何必伤心是小青。"后仿丽娘写真，留迄人间。而后更有清代著名文人吴吴山（吴舒凫）的未婚妻陈同、续娶妻谈则、妻子钱宜先后评点，共同完成"三妇合评"《牡丹亭》的佳话。以《牡丹亭》为代表的"临川四梦"问世后，一批剧作家以之为圭臬，从立意至于曲词风格皆深受其影响，出现了文学史上著名的临川派（玉茗堂派，以汤显祖书斋为名）。其中不乏传世佳作，如孟称舜《娇红记》。至清，两位戏剧大家洪升与孔尚任，其作《长生殿》《桃花扇》，与《牡丹亭》更多有跫音同奏之处。

《牡丹亭》是在西方视野中影响力最大的中国古典文学作品之一。哈佛大学宇文所安教授与美国耶鲁大学孙康宜教授主编《剑桥中国文学史》曾给予其很高评价："我们从数百位读者的评论可知，《牡丹亭》的巨大影响，并不在于这类理论层面；这部作品的崇拜者——男性、女性、精英、非精英，全都发自内心地深受感动。众多剧作家重写它，不仅仅是为了纠正那些明显的犯律之处，而是因为他们深受原作的启发。无论男性读者还是女性读者，动手重抄作品，还在朋友之间相互传阅。年轻书生柳梦梅与佳人杜丽娘，二人都有文学才华，且都容貌出众，他们两人的爱情故事，几乎在后世戏曲小说中的每一对情侣身上都留下了自己的印记。"

2016年是汤显祖与莎士比亚逝世四百周年，两位戏剧巨匠遥望彼此，以传世之作唱和。《牡丹亭》英文版的出版，青春版《牡丹亭》等多种昆曲版本在西方舞台的演出，遂昌县政府与莎士比亚故里斯特拉福德镇关于汤显祖和莎士比亚的文化交流合作关系的建立，2014年在伦敦亚非学院举办的比较研究的对话会议，2016年全世界范围内举办的一系列纪念性研讨与演出活动，皆体现这部不朽的文学作品跨越时空、彪炳古今的魅力。

他年得傍蟾宫客，不在梅边在柳边。

你不必为了任何选择而追悔——布莱克·克劳奇《人生复本》

中国似乎从未是以科幻著称的国度,其来有自。晚清时期,出现"科学小说"的文体。1900年,薛绍徽译《八十日环游记》,见称西方科学小说的第一本中译本。国人亦跃跃欲试,《空中飞艇》《光绪万年》等篇适逢其时,鲁迅称"掇取学理,去庄而谐"。然而,中国的文学是很务实的。"苟不若呐喊或忧国,便无足观。"科幻小说便如黑幕与鸳蝴等文学派别,成了"五四"以降"被压抑的现代性",且一压便是很多年。

晚近世界似乎进入了科幻小说大年。中国作家的名字屡出现于雨果与星云奖的获奖名单中。引进版的作品更为丰盛,许多外籍作者作品亦为国人熟知。以科幻惊悚见长的布莱克·克劳奇是其中一位,因《松林异境》成名。近作《人生复本》(*Dark Matter*),以科幻为表,却不囿于此。

故事并不难进入。一个在芝加哥二流大学任教的物理教授贾森,在参加获得科学大奖好友的庆功宴后,被神秘者绑架,到了似曾相识的异境。由此,方揭开其人生景状。原来,颇具科研天才的贾森,在其学术生命如日中天时,发现女友丹妮拉怀孕。因为爱情,贾森毅然放弃大好事业，选择与女友结婚。而因其子查理的身体荏弱，丹妮拉亦中断艺术生涯，全心相夫教子。两人投入了庸常生活，直至查理十五岁，无怨而无悔。却不知有人此时深有悔意，这便是绑架贾森的人，也是他生活在平行空间里的分身——贾森2号。贾森2号在关键的人生节点，选择了离弃女友，义无反顾从事量子力学的科研，并最终获得帕维亚科学大奖。在波叠合等理论的精进研究中，他发明了可穿梭平行空间的箱体，并无意窥得我们的主人公贾森1号的幸福生活。高处不胜寒的贾森2号，忽然间懊悔于十五年前的选择。于是，他便企图以暴力与贾森1号换取/攫取人生。故事的后半段，即贾森1号如何利用箱体，回到属于自己的空间，与贾森2号艰辛博弈，夺回人生的故事。

相关平行空间的作品不算少。《源代码》与《蝴蝶效应》都曾让我们津津乐道。然而，比较这类作品中主人公致力修改命运的强大冲动与企图，《人生复本》体现出的是一种更为静谧的观照立场。作者自言，灵感来自"薛定谔的猫"。这只猫向以方生方死，死去活来的或然性令人难以琢磨。《人生复本》因无法追溯时间，只是在若干平行空间中穿梭，主人公看到的，更多是相异选择后的既成结果。他不再是一个可大显神通的拯救者，更多是接受与承担。接受与爱人的素昧平生，接受另一个自己的早逝，接受另一种命运的崛起与颓唐。在小说中，同情贾森的医生阿曼达（也是他阶段性的人生同盟）的一连串质问，道出了借箱体游走的宿命之处。"你目睹了妻子被杀，死于可怕的疾病，你看到她不认得你，嫁给其他的男人，嫁给你的各个分身。在你精神崩溃之前，你能承受多少。"旁观所带来的无奈与无力感，使得《人生复本》拥有了某种与同类作品迥异的诗性气质。我喜欢的一个段落，男女主人公在平行世界之一的邂逅。在那个世界里，丹妮拉实现了自己的理想，成为一个画家。她对眼前男人素不相识，一无所知。而贾森对她小心翼翼地观望试探，唯一的话题是如何勾勒四季的湖泊。这场略带尴尬而礼貌的谈话，于漂泊的贾森却有如甘霖，因为"纯粹只是想听听她说话"。

在另一个平行空间里，贾森守望着熟悉的街区，看着邻居、家人往来奔走。当他告诉焦灼的阿曼达，他"一整天都坐在我家对街的长椅上"，阿曼达言辞激烈斥责他，"那不是你家，贾森，他们并不是你的家人"。贾森回答，"我知道"。继而"从阿曼达的身边挤过去，进入房间，在自己的床尾坐下"。这是令人心痛的一幕，同时也是小说哲学意味的衍生。贾森所做的一切，不过是为了回家。他是命定的奥德修斯，漂泊在无穷尽的平行宇宙，不知归处。而空间随每一个选择节点的分裂无度,使得无数的贾森都在回归中迷失,挫败,相生相杀。

小说的结尾,依然是忧伤的。当贾森回到自己的空间,与妻儿重逢,却也不得不面对自己的万千分身,每一个都眼含热泪。他将选择的权利给了儿子查理,他们走进箱体。查理打开那扇门,冰冷而无生气的长廊,温暖而光亮。

梁启超称科学小说中一类"专借小说以发明哲学及格致学"。科幻题材时常面对终极问题的拷问,往往万劫不复。作者克劳奇是温存的。《人生复本》的收束,却以反抗绝望的方式,呈现希望。我们每个人,每个时刻都在选择,都在漠然或投入地面对命运的分叉。我们未曾追悔,只因人生命途,如熊掌与鱼,在现实中不可得兼。既如此,何若一往无前。行到水穷处,坐看云起时。

无用之用，海市蜃楼——乔治·佩雷克《人生拼图版》

乔治·佩雷克（Georges Perec，1936—1982）的创作，一直在做选择和扬弃。这并非简单的先锋气质可以解释。他在致力改变这个世界原有的轮廓。从这个角度来说，卡尔维诺用"事件"来定义，确非虚妄之辞。在 1969 年出版的小说《消失》（*La Disparition*）中法语里最常用的元音字母"e"彻底消失。这是法语出现频率极高的母音，e 的缺失暗示母亲的失踪。

佩雷克所属的"潜在文学工场"（Oulipo），很显然是在颠覆一系列原则，对字母、词语或句子进行拆解重组，将结构和限制视为小说主题的具象。1978 年出版的晚期作品《人生拼图版》（*La Vie mode d'emploi*），成就其写作诉求的集之大成。

小说的基本结构为一桩公寓大楼的纵剖面。楼里房间、楼道、电梯、地下室等空间被分割成横竖各 10 的 100 棋盘格，每个格子里都会有过去和现在发生的故事以及它背后的故事。只有 99 个格子有内容，作者刻意制造不完整感，亦是人生写照。并非残缺，而是命运留白。作者依次描绘每个房间，以象棋马步走法进行。小说包含了 170 多个故事，涉及 1468 个人物。乍看并无整体故事框架和主人公，而是像拼图板游戏一样，所有故事和人物都被精心分割成碎片，填充入公寓楼的99格，读者只有耐心把这些故事情节和人物形象拼接起来，才能隐约体会到小说整体面貌。

每一块拼图，都不是孤立的。适当地嵌合于彼此的轮廓与形状，相应无间，最终成为赏心悦目的图案。这一刻，你定是满怀成就感。但是，或许更有价值的，是过程。拼图之间的砥砺、矛盾与融合。你在其中的试探、兴奋与沮丧，同时间，你或许也意识到"拼图"本身即"拆解"的对面。"拼图者的每一个手势，制作者在他之前就已经完成过；拼图者拿取、检查、抚摸的每一块拼图板块，他实验的每一种组合，每一次摸索，每一次灵感，每一个希望，每一次失望，这一切都是由制作者决定、设计和研究出来的。"如此，你会意识到，这正有如我们人生的本相。我们的悲喜点滴，虽则微渺，却嵌合于人生的漠漠大观；同时，也因为我们自身的位置，构成了他人与这世界完整的风景。更重要的是，我们并不孤独，因为冥冥之中，有一个遥相呼应的陪伴，为我们的人生做出规划。一切意外与惊喜，有无尽可能，也有如命定。而这也正是《人生拼图版》的主题。

人们的关注聚焦于这部小说的繁复结构，更难以忽略的则是百科全书式的物象堆砌。事实上，佩雷克在作品中无分巨细地陈列物品名单。它们纵横游弋于历史事件与艺术实验,民生琐屑。令人感兴趣的,是三个最主要人物,如何实践自己的人生与物质之间的微妙关联。核心人物巴特尔布思。他的存在是整个小说人物命运轨迹彼此交错的基础动因。这是衔着金汤匙出生的人,生活无虞的前提下,一生执着于一项计划。周游世界,完成五百幅海景图画,并寄给手工艺人温克勒加工为拼图板,再用二十年时间将拼图板逐一拼起,每复原一幅就寄回当年作画之地,用特制溶剂把画作变为一张白纸。"这样,他五十年全力以赴的计划将不会留下任何痕迹。"然而,这项计划最终失败,"巴特尔布思坐在他的拼图板前,永远离开了人世。桌子上摆着他的第四百三十九幅拼图板,已经拼出的图案是黄昏的天空,可是中间留下一个黑影——还缺一块板块。空缺的形状正好是X,而死者手中拿的一块板块形状却是W"。作为计划链条上的另一同盟,温克勒除配合完成巴特尔布思的人生要务,则沉迷于机械性事宜,比如,花十几年时间制作一百多个耗时费工的魔鬼戒指,连卖带送给周围的人,甚至是陌生人;之后又做了一大批用小凸面镜拼成的"巫婆镜",充满了讽刺和恶意;同时,温克勒热衷于为旅馆标签分类,标准是依据某一类特征,比如哪些旅馆位于同一条山脉,或都有一座火山,都拥有同一种特殊花卉,同样颜色的招牌,等等。乐此不疲,至死方休。

最后一位是巴特尔布思的绘画老师瓦莱纳，他本人的庞然规划，是将公寓楼里所有的故事都用画笔呈现，画在一幅巨型画作上。在此书的专章第五十一里，作家甚至特意将瓦莱纳想要画出的故事全部一一列出，成为全书的核心章节。当然，瓦莱纳最终结局是平静离世，巨型画布上，"只有几笔木炭画的线条，仔细地把画布划分成整齐的方格，这是一幢楼房的剖面图草样，上面再也不会画上任何一个房客的形象"。

三者人生如此，同时统观全书形形色色人物故事，会发现，这些人的精神世界似乎表现出一种共同的倾向，或者说面临着一种共同的困境：人生意义，对现代人来说，似乎在日益消解，统一三观已很难形成。基本生存已经不再是现代人需要殚精竭虑的问题，这时，对"意义"的定义，既没有了统一的答案，也无共同标准尺度。然而，人作为有自我意识的动物，本能对意义产生向往，当认识到意义莫可名状，又不可追求后，会产生如巴特尔布思此类游戏倾向。他们为自己的人生设定游戏规则，他们忠实于自我的感受，不相信任何超出人生经验的价值理念，或多或少意识到世界的有限性和宇宙的无限性，因此对他人看法或者标准规范的人生，已无流连。换个角度而言，对意义的拆解，恰构成了另一种人生观的建立。如我所欣赏的散文家周作人，从凌厉浮躁至平和冲淡，其人生之达观恰在于举重若轻。他曾写道："我们于日用必需的东西以外，必须还有一点无用的游戏与享乐，生活才觉得有意思。我们看夕阳，看秋河，看花，听雨，闻香，喝不求解渴的酒，吃不求饱的点心，都是生活上必要的。"就现代人的生存体验，在众多的规划与沉重的背负之下，需要的似乎正是片刻的信马由缰与旁逸斜出。

在这部小说中，有一些配角，亦身体力行于此。如德博蒙先生。他是贵族之后、考古学家，生活优渥，于是全心全意投入建设独特人生意义：寻找八世纪时，穆斯林在征服了西班牙后建立国家的首都遗迹。他在这个事情上花了可观时间与精力，采取办法也非常烦琐，甚至犹若苦行。如他在历史文献中发现，自己要寻找的遗迹中有一座古堡，而古堡有七个大厅，第七个大厅"很长，最灵巧的神箭手也不能从这一头把箭射到厅的那一头的墙上"。于是，他就去考证当时射箭的最高纪录，并且把射程的斜度计算在内，证明第七厅的长度至少有二百米，高度不低于三十米。然后再以此为依据，确定遗迹的大概位置，之后进行了五年艰苦的发掘。甚至他女儿的出生也没有让他中断工作。可是，当他真的完成全部工作，撰写了长达七十八页的考古报告，并且总结出了新的发掘方法后，却自杀了。自杀来得非常突然，让读者为之一动。但为什么自杀，小说语焉不详，但个中意味深远非常。

佩雷克向我们展示的,是人与物质之间最为奇妙的制衡为辩证。对物的执着与消解,陪伴着人的一生。所谓的意义,在巨大的思想景观成为海市蜃楼之时,零落成泥。我们在其中,看到"无用之用"的美好,也体会到了理想主义在世俗的泥沼中,如何被践踏、扭曲与毁灭。巴特尔布思最后的拼图,是失败的。表面可解读为他与人世间的格格不入。但究其底里,却是作者对于"意义"追逐最为宿命的隐忧与呈现。所见斯是,令人唏嘘。

南方的阿巴拉契亚——罗恩·拉什《炽焰燃烧》

许多年前，和苏童老师的一次对话，关于南方文学，其间谈及正在筹备的新长篇小说，也便注意到了中国南北文化的差异。记得由京海之争谈起，谈到鲁迅的高屋建瓴，也说到沈从文与张资平久远的过节，几成论战的块垒。

所谓文化的分庭抗礼，始终是一件令人怅然的事情。"先秦儒家出于中原齐鲁，老庄出南方楚地。"前者的砥实与后者的瑰丽奔放，各为体系，势成水土。苏童老师话锋一转至美国文学，首先谈到福克纳。叫作《南方》的小说，写的是一次几乎缺乏缘起的斗殴事件。一个虚弱的来自阿根廷北方的病人，来到南方小城，手里拿着一本《一千零一夜》，他走进了咖啡馆，遭遇了闲来生事的当地人，悲剧就此开始。这小说中有一种笃定的逻辑，颠覆了我们对人性的成见。巧合的是，从某种意义上，这几乎也代表了我对美国南方文学的初识。福克纳为标志的南方，总带着中正的"哥特"味儿，隐隐的草莽与野性。其后的剑走偏锋，邪恶的奥康纳与忧愁的麦卡勒斯，令我对南方文学阴郁的意象渐趋抽离。因此，多年以后，当我读到了罗恩·拉什（Ron Rash），竟有深切面对熟悉的陌生人之感。

拉什这部命名为《炽焰燃烧》（Burning Bright）的小说集，有种天然而静谧的暗黑基调。这是我在初读时颇感兴趣而又无从诠释的地方，后来明白，这始于故事中一系列小人物心头的暗涌。善恶系于一念，构成了这本书丰富而唯一的主题。相对奥康纳淡而虚荣的亵渎，拉什对人的勾勒往往明朗得多，这种明朗甚至会有泛政治化的嫌疑，如《林肯的支持者》，写一个年轻妇人以"性"的牺牲保护自己的丈夫。当她的目光由苍白的尸首漂移，凛然而朴素的面目，并不很令人怜恤。而《上山路》中的少年贾里德，则在密林中偶遇飞机失事，他将尸体上的饰物供给自己吸毒的父母。这个故事以破败的圣诞节为背景，予人出其不意的钝痛。《盗墓贼》中愚钝的"我"，在会心中与看守人达成罪恶的同盟，风干的尸首近在咫尺。不期然间，你会感受到生者在接受着某种谛视，失落而冰冷，带着一丝嘲讽与同情。从某种意义上说，拉什的明朗来自更深而隐晦的比喻，指向人生的不堪与无望。

一如他的南方作家前辈，拉什执着于他所熟悉的地域空间——阿巴拉契亚山区，一个贫瘠而人性丰沛的地区。以上因素构成了这组小说中的悖论，浸透了冷暖交织的美感。开篇的《艰难时世》，是我喜欢的。核心事件微乎其微，甚至谈不上构成事件，在大萧条时期则不然。戈申山坳中的居民雅各布接连地丢失鸡蛋，他怀疑自己贫穷的邻居哈特利，当他暗示后者家的狗似有干系，哈特利旋即手刃爱犬，表现出令人心怵的骄傲与尊严。最后的真相是哈特利的小女儿因饥饿而偷窃。雅各布让小姑娘吃下了那枚鸡蛋，并且向妻子隐瞒了真相。微小的暖意，也因此由荆棘密布的人生中流泻而出。

拉什笔下的人，总是有一瞬的温存，他不夸张，也绝不隐没。他写它的稍纵即逝，因为严酷的环境和不可饶恕的罪与罚。"不知情"成为他小说中鬼魅一般的力量，支持主人公的行为路轨，《荒野之地》中的帕森，将堕落的侄子送往亚特兰大，而隐忍兄嫂的曲解；《坠落的流星》中博比，将自己失败的人生嫁接于对妻子的情感凌迟，陷入了自救与救赎无法释解的僵局。拉什写人的行为动力，对结果却鲜少评估，甚至往往有回光返照的一笔。《炽焰燃烧》中的那段忘年恋情，几乎以抗争之姿，对应人际的冷漠与无稽。主人公卡尔说，"从没找到一个肯要我的女人，我这个人太少言寡语，估摸是个原因"。是的，拉什的人物是行动主义者，但大多缄默，他们在安静而有力的动作中证明自己的存在感，以有些笨拙的目光抚摸愧对他们的时世。

或许，在常与之相对而论的卡佛间，我更偏爱拉什。前者的极简，深藏面对读者的优越感。而拉什的简单，是坦白无理由的。如面对小兽的眼睛，仍可以看见瞳仁中的一丝惶然。

第八章 林下赋

黑水白山，停车莫问——钟晓阳《停车暂借问》

2008年，钟晓阳在香港书展上做了一次演讲，"停车莫再问"。演讲期间，记者问她："如今的你如果给《停车暂借问》时十八岁的钟晓阳写一封信，你会说什么？"钟晓阳想想说："你好啊，还记得我吗？呵呵，真的不知道要说什么，相对无言呐。"

这是印象中的钟晓阳。"莫再问"，自然是向过去作别的意思。十年前的这次出现，距离她上一部小说《遗恨传奇》的出版，也有十年了。

钟晓阳便是如此，是一个让人时常会念起的作家。这个作家的轮廓静默而温和，内里却有着某种能量，丰饶可观。每隔数年，我会读一遍《停车暂借问》，体验还乡的感觉。是你有一位老家人，过一段时间，就自然想去探望。问问他的身体近况，和他促膝说上一会儿话，也和他说说自己的事情。看他老是老了，依然眉头舒展，神情安泰，便也就放心离去。

其实呢，钟晓阳的故乡，是无垠广袤的东北大地，她却写出了江南味道。这江南不是湿漉漉的梅雨天，是阳春三月的江南。明朗、坦白、飒爽。一如书名其来有自，崔颢的五言绝句《长干曲》："君家何处住？

妾住在横塘。停船暂借问,或恐是同乡。""长干"是地名,在金陵。也是我的原乡南京。"横塘"则在南京东南的麒麟门外,与长干相近。这情景,倒像是一幅陈而不旧的宋画,背景是潆潆浩瀚的长江水色,数笔寥寥,一个身形利落、眼神干净的淡墨少女,一派天真地与临船的男子搭话。

或恐是同乡,这是初读《停车暂借问》的感受。王德威说,钟晓阳是"今之古人"。我金陵人是南之北人。南人北相,心态也是北方的,便不难理解她笔下的白山黑水。高堂在上,亦有九旬外公细数流年,更不难体会她写"捡拾零星日常牙慧,星星点点拼贴盛世丰年图"的心境。《停车暂借问》看过若干版本。最喜欢的是手头这本,因为书末新附了一篇"后记",叫《车痕遗事》,2008年写的,分外好看。算起来,是对近三十年的前事回望,谈了《停车暂借问》成书的林林总总,但笔调却意想不到的浓郁。这篇"后记",以一句"王八犊子"开篇,考证了东北话,也进入了钟母的生活底里。"经过近半个世纪的广东化,母亲的家乡话走样走得很难看,北方口音保住了但东北腔和俚语没保住多少。她现在讲的是一种口音混乱的四不像混血语,就连东北同乡也听不出她是哪里人。"家庭流徙,经年衍化。旗人外婆刘氏无族谱家史可据,母亲便记得的全是儿时的朵颐之快。"数不尽的家乡的意象与气味，铭记在母亲的味觉里成为一生的饥馋饿饱的记忆。"极其喜欢看钟晓阳这样集中地写吃，全是明朗佻达的意趣。高粱肥，大豆香，美酒佳酿满金觞。只铺陈，不矫饰，且全是时代印记。她写外婆病愈，因为馋一碗下水汤，蹒蹒跚跚，从天亮走到擦黑，走到老佃户的家。"啊哟没想到运气这样好，碰上了杀猪的日子，下水汤要杀猪的日子，下水汤要杀猪当天才吃得着，一路上受寒受冻都值得了，长途跋涉就为了喝一口肉汤啊。"

看她写外公。这外公爱话当年，提起与张学良的儿时交情。怒马轻裘，翩翩俗世佳公子，廓落名场尔许时。便也想到我的外公。我外公人静，商贾传家，母亲却是山东的亚圣后人，所以身上的书卷气是极重的。但又从小随天津的姨父母长大。姨父是奉系军阀，时任天津军务督办，出身行伍。耳濡目染，所以外公身上又有一种温和下的果毅。他不太讲自己的过往，大约九十岁上下，忽然爱讲了，如潺溪涌泉。所以我很能体会钟晓阳为何写到祖辈事迹，情绪会如此喷薄。那真是忽如面对宝山，而惶然束手，然而情感冷却下来，才知坐拥家珍。如她二十世纪八十年代随母回乡省亲，听到关东腔的东北土话，待到了家里的福康街旧址，多年的母亲梦中事物，皆有落实。"海市蜃楼终于有个实体让我逐物相认。"我写《北鸢》，到天津我祖父幼时所在，心里记着他的话。督办衙门，早就给日本人炸毁。他跟长辈在租界区里做寓公，而今商户林立，叫作意大利风情区。读过的耀华中学还在，仍是市内的重点，还可见系着红领巾的鲜活面庞。

大约因为这篇"后记"极为砥实，烟火气浓重。再看之前熟悉不过的正文，便觉如镜花水月。到底是年轻的。年轻得纯净、透明。连写人生的颓唐与不堪，都是不忍。宁静和千重，家国浓墨重彩的背景下，两个淡淡的小人儿。驻足而视，连手都没有好好地牵稳，便各奔东西了，不知所终。而林爽然，宁静称他是一个"野人"。印象深刻的一场争吵，却是《红楼梦》里"非彼无我，非我无所取"的嘈嘈切切。

我们的岁月在奔驰、变迁/它改变了一切，也改变了我们……她正念下去，爽然霍地拿起那本《红楼梦》，乱揭一篇抢和她念："无我原非你，从他不解伊。肆行无碍凭来去。茫茫着甚悲愁喜？纷纷说甚亲疏密。从前碌碌却因何……"她停了，她觑觑他，很是惊异，他竟是生她的气，这个野人，在生她气，念得剁猪肉似的，她屏息和他斗几句，全让他剁得碎碎的。

她低低叱道：什么屁大的事儿。

他梗着脖子不滋声。她故意说。"你念下去呀，最后两句怎么不念？"你敢，她想。

却听得他粗声念道：到如今，回头试想真无趣。

这无趣，还是小儿女赌气的无趣，非真将世事看通透了。看钟晓阳三十年后，再写《红楼梦》，写她外公。

开始烧东西。烧书,烧照片,烧日记,烧铜版《红楼梦》。爱抚过多少次的线装蓝面，一行行侧眉批读得烂熟，他自己画的仔仔细细的人物关系图没告诉任何人他就自个儿躲起来，一张张撕下扔到火盆里烧、烧、烧。嘿嘿红了，嘿嘿红了。火舌红红里他看着书烧成了灰。母亲问他要书看，他说，没了，没了，烧了。没说第二句话。

这是人生的真相。当年朱西甯称钟晓阳有"仙缘"，现实虽不过在香港一地，不中不西，可全困她不住。现在的钟晓阳，文字自然是更圆熟，做读者的，真不忍她堕入烟尘。钟晓阳自己也不忍。古典是她的壁垒，亦是她应对现代的铠甲。看她写香港都市间营营役役的俗世男女，仍是一派古意。

> 我的妻子原姓霍，名剑玉，广东中山县人氏，生于一九五七年一月四日，家中兄弟姐妹十人，排行第七。幼清贫，年十二即工编织，十五随父学制饼，中学教育程度，性沉静，端庄质朴，恬退温和，蛾眉宛转，女心绵绵，一种柔情，思之令人惘然。

《爱妻》里的开门见山，看到的是向唐传奇《霍小玉》的致敬。这是她对笔下的人物的保护与爱惜。总觉这份爱惜，造就了钟晓阳对事对人的不决绝。当年钟晓阳前往台湾领取联合报小说奖，结交了台湾朱家姐妹，投入以台湾为土壤的《三三集刊》，定下日后文字深埋"张腔"的幼芽，有人因其笔下之风，将之与张前辈相提并论。但其实，张爱玲下手之稳而准，便是以人物庸俗化为代价。但钟晓阳写人写到世俗，便已不忍。为了抑束这份决绝，往往将之写至虚无。《停车暂借问》"却遗枕函泪"一章。宁静与爽然他乡重遇，一五一十地过起了日子。伦理上，自是不为世俗见容，但是却没有人会戴一顶婚外情的帽子。因为他们要的东西格外得小，又格外真切。过日子就是过日子。做做饭，说说话，斗斗嘴。好不容易有了冲突，爽然后悔，哑声迟疑说："小静，我老了，脾气不好。"宁静就已经泣不成声。到了宁静真的破釜沉舟，决定离婚，爽然倒已经逃走。小说最后的场景，定格于日常。一个老妇人晾衣服，吃面包。宁静看得入神，泪随着风干掉了。

如今再读，遥遥的都是过去事。此情此境，如同作家"后记"中隔了三十年，写其唯一一次回到母乡。玉兔蚀，金乌坠，洒泪别乡关，黑水白山无故人。

> 我指着门柱问母亲：是你家从前那门吗？她说，是，就是那门。
> 我又指着槐树：是你家从前那树吗？她说，是，就是那棵。

黄昏入暗，一纸归命——黄碧云《微喜重行》

与作家黄碧云初见，如同小说中的情景。午后，我们约在天后的一间咖啡厅。途中，天忽然下起了雨，我走进一间地产铺避雨。雨住了，走出来。迎面一位紫衣女士驻足，向我问路。正是黄碧云。

如此相遇，机缘使然。黄碧云温柔地笑，说，这是一种人生的"提示"。亦然，或是她与新著之间的微妙联络。

《微喜重行》的男主人公，叫作"陈若拙"，典出《老子》，"大直若屈，大巧若拙，大辩若讷"。黄碧云告诉我，实出偶然，最初她考虑的名字是"陈哀拙"，打错了字，出来的名字是"陈若拙"。这是命运，她没有再改，让名字随着男人的命运走下去。这人物或是属于香港的：合情理的世故，勤奋，懂得在迎合时代经营前途，些许功利与现实。然而，他"底子"里的哀伤，让他与世俗的成功，出现了裂隙：放弃会考，拒绝升职与移民。也便是这么一点点的"拙"，令他的生命质地，蒙上一重切肤而柔润的膜。黄碧云坦言，这角色的原型，是他的兄长。女主人公的心事过往，来自她自己。"我用去很长的时间，将他变作一个我不认识的人，方才动笔。""若缺"这个名字，则象征着生命的缺憾，一生被抛弃，"我给她最后的名字'微喜'，给她的生命些微暖意，但终究不会太快乐"。

故事在"你""我"间如对话展开。这一对兄妹的命运多舛，一男一女，互为镜像。引力与排斥力，依恋与离弃，同样可观。他们以不同的方式，复写父辈的历史延传。黄碧云引入空间魔术，各种城市的变换。香港，纽约，台北，滨城，横滨，新宿，增城，穿梭于历史。主人公且行且进，聚散无常，相望而相忘。"这和我的家人相关，他们分散于世界各地。父辈有'乡下'，有根在内地，落叶归根。我们这一代却鲜有归属，而也并不享受漂泊。这是香港予人的特性。这小说中的孤寂感与存在感，在离开香港后更为明确。若拙在异乡之感受更为敏锐与精细。微喜嫁到美国，若拙因工作到了北卡。如宿命，关乎承诺，因他们少时相约在美国结婚。他们终于都身处同一块土地，部分实践了仪式。而他们却没有再见面。"殊途同归，同归却无人生交集。这或就是黄碧云定义的浮世哀凉。

小说后半部，时空之轨愈渐明晰。当年写《丰盛与悲哀》，黄碧云着眼两座城市，表达时代场景跌宕之密度。以香港"拍摄"观照上海，凸现历史文本重构的虚拟。同样作为一本空间之书，《微喜重行》中有关时代的更迭，借由不同的代际实现。重叠交织，层层上溯。"我当自己是微喜，有关成长，首先知道的自己，以为没有历史，以为自己是独立的人,凡事皆可掌握,以为世界是你的。小说以青少年时期开场,因热烈,才有恋情。而后生活的琐碎,慢慢浮现。一连串的遭际离散,让她看到自己根部断裂。死亡,九七或者政权的移交,种种种种。我小时亦不知道我父亲有'乡下',慢慢才知道自己有过往。"她回忆起自己三十多岁的返乡经历。素未谋面,面对亲属,心里疏离,感情上是这样。"这就是上一代人的造就。好多事情都是由过去所决定,但下一代却是未知。所以我将小说最后一场设计为结婚典礼。"黄碧云淡然说,在这个时候,这个世界都不是我们的了。

谈及新作中的历史元素与跨度,黄碧云认为其意义或出发点,仍然是"人",着眼于"家族"而非"家国"。书写过去并非来自情感,是理性上的认知。这种联络,无法逃脱,犹如香港曾经的过往,已然存在,唯有面对。"我想同眼前发生的事情拉开一段距离,于是放眼历史。我希望关注的层面更为广阔。这或许也与年纪有关。"

由年纪的话题,我们谈到了小说中的疾病与死亡。黄碧云的小说中,疾病经常被作为一种关于"痛楚"的隐喻,成为考验人性的试金石。《呕吐》中的叶细细,童年阴影造成呕吐性的性行为错乱,《捕蝶者》中的陈路远,杀人后脸上开始长流脓带血的暗疮;《双城月》中的曹七巧,在经历了人生剧变后患上了癫痫失语症。早年种种,在黄碧云笔下可谓触目惊心。新作《微喜重行》由陈朗越至陈若拙，写了两代人有关疾病的传递。小说借父亲引韩愈《秋怀》："浮生岁多途，趋死唯一轨。"陈若拙的患病，以恬静的方式展现，感受不到"痛"之所在，反有尘埃落定的通达之美。与黄碧云聊起其中细节，若拙在癌症确诊之后，回到公司，收拾遗物，将一封买的打折电池用公文袋包好，写好"全新电池"，然后郑重地交给了阿凉，这段落如秋叶落地，安和动人。"我们当初唯一所有，就是肉体，最后所余，无他，也是肉体。"黄碧云说，"我回顾自己的生命，因为这数年几位亲人的连续故去。我开始近距离面对死亡，如此之近。'死亡好像在和你聊天。'比之年少时，反而感觉没有如此激烈。这些对我不是打击，如同'黄昏入暗'。一定会发生，唯有等待。我想以前的我，因为敏感，人生于我而言，都是象喻，像是表演。而今人生则都是现实。"

一位出色的作家，往往有自己文学标签式的关键词。"温柔与暴烈"与黄碧云如影随形了许多年，她早期的小说为文风提供了某种注解。在这本新作中，文字冷静，不嗔不喜，笔调淡定甚至简净。想起黄碧云曾在《七宗罪》的"后记"中写，"飞扬到节制，这样就有了年纪"。我问她，这种文风的嬗变因何而来。她笑了，说，"说这话时，我仲后生，路一步步走。十年前的我，还望着前面。如今无前可望，唯有回顾。

生活于当下,情感已经过去。没有前面的人,是不会很飞扬的。"

"我比较喜欢有年纪的小说,因为思索,而并非因为飞扬,所以触动。"这一点,无疑为其后期语言风格的嬗变埋下伏笔。在小说《烈佬传》中,黄碧云的创见之一是大量使用粤方言入文。纵观中文小说谱系,以方言为主体语媒进行写作并非鲜见。早期韩邦庆《海上花列传》吴语成文,是为大宗。当代作家亦不乏其人,如马来西亚华人作家李永平的《吉陵春秋》、中国台湾甘耀明的《杀鬼》等。而这些作品多以地域文化认同乃至与其相关的历史延承作为指归。然而,与上述几位不同,黄碧云对方言的选择,更为清晰建基于其"人本主义"立场。在语言上亦表现出强烈的代入感,交杂着"俗语""俚语"甚至"粗口"的粤方言作为"烈佬"的主要言语方式,贯穿了整体叙事脉络。"以其言写其心。"表达对叙述主体的深刻体认。言及于此,黄碧云的阐释是:"我不会当他是一个对象(Object)或他者(Other),我不可以这样对待他,因为这样仍然会把他归入社会的另类,不能把他归入被别人排斥的一类。然后我就像是在外面看他,这就等于去动物园去看动物一样,我觉得不可以这样做,所以'我'一定要是'他',然后那个表述才拿回主体。而主体是他,主角是他,不是我们。不是一个社会上所谓大多数人,去论述一个弱者。"

黄碧云的节制感，体现为对作家自我身份的漠视与谨慎。作为一个文本特质相当强烈的书写者，黄碧云在这部小说中极力地收敛了曾经熟稔的言语表征乃至语法结构，甚而规避了一系列见解性及涵盖价值判断的文字，以保证"独白式"叙事的纯粹性。这一经营的结果是，小说整体言语基调貌似单一而粗粝，却更为浑然与可信，呈现出了类似寻访类纪录片的独立审美品格。

而新作《微喜重行》，仍然延续了文本外在层面的节制感，并且作家对叙事语言本身的打磨与演进，已然内化为与小说主题的水乳交融。此作被作者定性为人生"祭文"，整体格调，颇有尘埃落定之感，不嗔不喜。就语言而言，行文用句皆相当朴素，句群之间亦呈现出张弛有序的节奏。尤值一提的是，作者以语言为表，透射小说中所隐现的情感线索与人生况味。前半部，记录青涩过往，以记叙白描为长，用笔朴拙简净：

> 我在千叶县一间房子等待你的信，我知道信不会来；你不想我也不想，老燕第一眼便看出的事情。房子在木头房子的二楼，楼梯之前有一个日本庭院，又小又假，又一株给剪到细小的树，庭院铺着小石头。信箱在地下，

> 每天下午我会听到邮差骑着单车经过，停下来或停不下来，我都会飞奔下楼梯，等信。

而后半部，则写男女主人公经历半生，各安其是，由小我至大我，生命由此而有所思悟，文字更为超脱空灵，渗入禅意：

> 恐惧不可知，还是恐惧知道？恐惧让我们退缩？
> 　不可知没有内容：我们不知道我们有所恐惧；不可知的对象，还是对象吗？说灵魂不灭，说往生，说地狱、火焰、六道轮回，尝试给我们的恐惧，一个具体内容；或鬼，鬼不是像人又不是人吗？如果我们确实知道，鬼不过是像人的漂浮物，所能做的不过是扬过，有什么可怕？鬼为何要在暗处出现？因为鬼知道鬼不可怕，人只怕黑暗不能视，借暗吓人；所有人描述的不可见未来，给予此生的形象，火，牲畜受苦，干热土地，让那，让最后，不那么不可知，就不那么可怕。

岁月的沉淀，如尘埃厚积，思之泪下。黄碧云谈及此。说如今的文字，或是十年舞蹈时光的赋予。"音乐强调一种对比，动静之间，极少的动作与静止，爆发，空白至静默。这是我以前理解为语言的节奏感。长句与短句之间的胶着，如今放大至情感上的层面。这本新的小说，前面简淡，后则诗性。前面是少年的轻盈，后半部反省生命，多一些内在的东西，欣赏后生的舞蹈，如此密集有力。有一位舞者Rocio Molina，爆发力很强，不间断地爆发，大概也一如我当年的文字感觉。如今已不是这样了。"

  同血双生，各自归命。黄碧云将自己的新作，总结为一纸祭文，为若拙的故去，为微喜的前半生，为那个将去未去的时代。她静静坐在窗边，看着夕阳下的过往，仿佛看着数十年前的镜中的自己，专注而宽容。

莫不静好，其华灼灼——王安忆《桃之夭夭》

看BBC的纪录片，讲一对母女数十年来彼此格斗般的相处。互相之间的伤害、依赖、疑虑与和解，真实得让人触目惊心。从莎士比亚的天问开始，女性似乎被认定是世界的弱者。吊诡的是，人类的进化史，似乎也成为性别议题在不断探讨中螺旋上升的历史。然而女性的自处以及成长，似乎一直有个挥之不去的他者存在，即原生家庭。

不禁想起了《桃之夭夭》。女性在王安忆的书写谱系中，常恰到好处地具象为城市的代言人。主人公郁晓秋，可谓上海女性的理想类型。作家以《诗经·国风》中"桃之夭夭"一句作为题，暗示了此形象有着"灼灼其华"的品性。

故事脉络上，小说叙述依循了"梅花香自苦寒来"的路向，以主人公的命运多舛作为底色。值得注意的是作家着重于郁晓秋的性别质地与母系的关联。这篇小说中，作家试图提出了一个命题，即，女性与苦难是否存在宿命的联系。郁晓秋的生命历程，有一个关键词，即是"承受"。自出生一刻，便需承受自己是私生女的身份。这一身份由于其在生理上成熟而被世俗扭曲，"她母亲似乎分外厌恶她的成长，而她偏偏比一般孩子都较为显着地成长着。性别特质的早熟和突出，倘若在别的孩子身上，或许不会引起注意，可在她，却让人们要联想她的身世，一个女演员的没有父亲的孩子。"出身与女性的性别特质混合，成为一种"原罪"，在郁晓秋一生中挥之不去。母亲与郁晓秋之间并无通常母女间的亲情，因为后者的存在始终提醒着她人生的歧途。

作家借郁晓秋这一生命个体，叙写了两代上海女性的命运。母亲是不幸的，艺人生涯的戛然而止，被心爱男人所抛弃。苦痛练就了她对时世的厌恶与冷漠。她的处世哲学，是"以凶悍来抵抗软弱"，以加倍的张扬来提防伤害。她的不幸，在女儿的人生中神秘地复写。然而，当郁晓秋面临恋人何民伟背叛，表达出的，却是与母亲截然不同的宽容与霍朗：

> 她经得起，是因为她自尊。简直很难想象，在这样粗暴的对待中，还能存在多少自尊。可郁晓秋就有。这也是她的强悍处，这强悍是被粗暴的生活，磨砺出来的。因这粗暴里面，有着充沛旺盛的元气。

"这里所说的元气，正是指蕴含在郁晓秋身体内部的生命之根。"当我们将之延展至性别层面，可视其为来自女性心底深处的体认与力量。这是顽强而无坚不摧的。在作家笔下，这种韧性具备着似与其"性别"属性不相符合的"力"与"硬"。这与意识形态中对女性的界定大相径庭。邵燕君曾经引述卡洛琳·海尔布伦（Caroline Hellbrunn）的观点，指出王安忆小说中的上海女性，具有类似于"雌雄同体"的特性："'雌雄同体'（androgyny）在神秘宗教中被视为理想，被视为伊甸园中的完美的人性。"其因应于性别理论的层面，就是要"改变两性对立，废止男性单方统治，建立一种新的、超越矛盾的、中性的和谐。"邵准确地指出了王安忆以"中性"方式表达两性"和谐"的书写策略。然而，作家在这一范畴所提供探讨的可能性并不止于此。

普力克（Pleak）曾就人类对性角色规范与界线的超越，提出塑造"合乎个体内在需要与气质的男女心理同体"的命题。他进一步指出对性角色的把握与超越的前提，即"根据环境的需要"。王安忆则肯定了上海女性之所以与男性间存在着"趋同性"，因其"奋斗的任务是一样的，都是要在密密匝匝的屋顶下挤出立足之地。"在此，性别角色摆脱"雌雄同体"的理论形式感，而被实质化与在地化，作为适应上海城市生活环境的必要条件被清晰道出，并以性别主体能动性的个体选择得以凸显。其与生理性别之间呈现出微妙的关系，可参照莫伊的相关论述。莫伊将前者定义为"**女性气质**"以区别于生物层面的"**女**

性",并指出:女性与男性则被用来指纯粹由生物因素所形成的性别差异。因此,女性气质代表后天培育,而女性代表天生自然的。女性气质是文化建构,就如同波伏瓦(Simone de Beauvoir, 1908–1986)所说,女人并非天生,而是变成的。从这个观点来看,父权价值体系将社会对女性气质的标准加置于所有生物意义上的女人身上,以使我们相信为"女性气质"所选择的标准是天生自然的。莫伊的原意是为了攻讦父权中心系统的文化建构对"女性气质"的固化与他者化。然而,王安忆的女性塑造,却让我们看到了在上海这座城市独有的文化氛围中,"女性气质"一种新型的发展路向。这一路向,并非仅从单一的女性经验出发,而是致力于对两性的观照,以"和谐"为基点的性别解放。郁晓秋的隐忍与牺牲,并非因其柔弱,而是出于对人生尊严的彻悟。她在"让"的人生尺度中体会到了生命的喜悦,闪耀着"女性"的光华。当她尽释前嫌,全心全意地为亡姐扶养遗孤,她的"女性"本真也因"母性"而放大。当郁晓秋自己诞下一个女婴,此本真之外延达至极致。

> 当听见护士报告说,是个妹妹,她骤然间难过起来。从小到大许多难和窘,包括生育的疼痛,就在这一刹那袭来。可是紧接着却是喜悦,觉得这个女婴分明是她一直等着的,现在终于等到了,实在太好太好。

女儿的诞生,完成了生命的轮回,母体性别体验由此得以延续。这于郁晓秋是幸与不幸的契合,是往日苦难的总结,亦是对未来的期盼与憧憬。在小说的结尾,作家赋予宗教般的抽象诠释,以对自然的譬喻深化对女性博大而成熟的精神膜拜感。在混沌浮嚣的城市景观中,郁晓秋的澹定与坚韧成功升华与丰富了"桃之夭夭"的内涵。

可观一羽，同沾一味——周晓枫《有如候鸟》

作为一个写小说的人，对散文总有一种莫名的感情。这感情，大约有如枝叶葱茏，之于根基；江河汤汤，之于潺流；千里之行，之于跬步。散文的实与纯朴，与小说的汪洋恣肆间，有着奇妙的辩证。于是，在落笔前，心情便也随之慎至穆然。而与对面不知名的读者，似乎已然愿将内心做了剖白。

中国的散文源远流长。且不说远，自新文化运动，由"启蒙式"至"闲话体"，已是很大的进步。"五四"以降，令人击节的一位，是周作人。周氏反六朝师心、桐城义理。其文风依今人观，仍独树一帜，看似拉杂扯散，却是取之以近物，譬之以远物，出入于经史，可谓信手拈来。师承晚明小品，又取径英国随笔，在交会中西趣味，形之大成。周文可观，也因其所尚之人生质地。如在《北京的茶食》中写，"我们看夕阳，看秋河，看花，听雨，闻香，喝不求解渴的酒，吃不求饱的点心，都是生活上必要的——虽然是无用的装点，而且是愈精炼愈好。"在这方面，他是一位先行者，"无用之用"，大约便是今人所称之"乐活"（LOHAS）。乐而为活，说出来了，又有多少人能够身体力行。现代人营营之道，皆是为那点所谓"用处"。以知识结构而论，如将卡耐基、乔布斯所倡导的"成功学"奉如圭臬,又有几多人以有如知堂(周作人自号)"多能鄙事"为傲呢。

或许,这就是散文的意义。文体之包容,和缓而随意,多少让我们在俗务之余,还有方寸之地可以"放下"。

近读当今散文家周晓枫的新作,则又沽一味,如刀锋。一为笔触锐利,二则质地浓烈。用她自己的话来说,是在阅读与写作上,独偏爱"口音很重的文字"。这本《有如候鸟》,承袭以往,字里行间,诚实且切肤入骨。读罢,"候鸟"二字之蕴意,方翻然而出。纵观全书,又多以动物入题。个中用心,颇值再三品嚼。

《论语·阳货》中,孔子对学生论学诗的好处,曰:"迩之事父,远之事君。多识于鸟兽草木之名。"可见,文学传统与万物日常,源远流长。周作人亦以"多识鸟兽草木之名"而自喻。其书卷气多因于此。记得他的一篇日记,写老家的"江南笋"的妙处。其中一句"每斤只需青蚨数翼"。以"青蚨"指代金资,便是取自《搜神记》的用典。可谓博引于斯是。

然而,周晓枫写动物,不为抛书包,更无意炫学。《有如候鸟》颇具百科全书式知识之美,但并不艰涩。可谓作家长久阅历沉淀后,痛定而发。观千剑而识器,就此方向理解。在对芸芸众物的观照中,了然其特质，故而可熟练对应于人世明暗，开阖于人性幽微。《布偶猫》一篇，题材深入社会肌理，写"亲密关系中的暴力"。周晓枫以布偶猫对于疼痛的惊人忍受力，勾勒这类关系中的女性处境。"布偶猫并非迟钝，它艰难地消化着自身的不幸，对灾难抱有持久的接受耐心。"而在受虐中屈从而成的"耐受型人格"，文中则又见引物之力："蓄奴蚁敲打蚜虫的背以使它分泌蜜露；换言之，蚜虫的甜蜜来自于对敲打的忍受。哪里有压迫，哪里就有顺从，以及顺从导致的持续压迫。"譬喻可谓入木三分。《恶念丛生》写善恶的辩证，写愚善的荏弱于恶念对文明的灌溉。作家的笔下机锋如是："蛇终身成长，如不会自我遏止的恶。它在壮大，约禁它的道德的皮需要不断蜕掉；对善怀有愚忠者，难免脾肾双虚、气血两亏，蜕掉的蛇皮入药，可以治疗我们随时发作的善良症，以免沦为过于廉价的牺牲品。"

书中一篇叫作《禽兽》，似有点题之意，但并未落入对自然颂扬的窠臼，其借对于一系列动物的生物性诠释，实现对生命的终极检阅。印象颇深的是写海鸥的一节。清晨，作家怀抱着喂养的温馨初衷来到海边，数量庞大的饥饿海鸥不再具有天使的品质，而是带来了恐惧与威胁。一如希区柯克的《鸟》，颠覆了人类对自然一厢情愿的理解与幻想。异曲同工的是"美如幻觉"，偶遇额尔古纳的蝴蝶之路，令人有面对奇迹的惊喜,殊不知却是一场集体自杀。它们忘我而坚定地扑向死神怀抱,"一只蝴蝶笔直地撞在雨刮器上,内脏被击碎了,从腔内破裂而出的体液把它的尸体长时间粘在上面。这枚雨刮器上的标本,让我看到蝴蝶精美的仪容。"灾难性的美,揭下了温情脉脉的外衣,道出了最为凛冽而不可解释之处,这或许,才是生存的真相。《石头、剪子、布》是在布局上极见心思的作品。儿时借助一只手,即可进行的循环杀戮游戏,用以比拟"食物链",似乎再精准不过。由微渺的蚂蚁至于巨兽,再至人类。每节所写生灵,皆有出色之处,亦见其软肋。这是天道,也是自然法则。它不允许任何一种生物占据绝对意义上的顶端,必然互相制衡,相辅相成。"当少年观察蚂蚁的时候,也许就在他的背后,命运中的影子巨人也在观察他;星球一样的神明,观察巨人,宇宙一样的无限,观察神明。"万物广袤,大小之间,载沉载浮。是定数,亦见哲学。

《有如候鸟》是一则简短的成长史诗,记录了一个女性完整的人生轨迹。令人击节处,是每一个生命阶段,皆对应以一种候鸟与迁徙的动物。大雁、鸥鸟、鸽子、燕子乃至肯尼亚的草食族群,丝丝入扣地应和于一个人的苦难、快乐、孤独、自省与新生。中国人有安土重迁的迷思,这篇却以寓言般的笔触,道出颠覆性的宣言:她习惯了肉身和精神一起流浪和迁徙，习惯了它们为此遭受疼痛和伤害。她想，肉身就是故乡，灵魂能够远游，甚至带领肉身迁徙。

《逍遥游》中"鲲化为鹏"。楼钥（南宋文学家）曰："鲲大几千里，扬鬐气日增。一时俄化羽，万古记为鹏。"《有如候鸟》有如周晓枫个人写作的一次飞翔与涅槃。这涅槃以其经年的自我砥砺为底。切入肌肤，力致锐痛。血肉之间，却渐萌生绚烂。浩瀚精微，皆见气象。

一生简短，笔若刀锋——弗兰纳里·奥康纳《好人难寻》

在美国南部的城市，和一位当地的作家提起了奥康纳。当时只是为了找个话题，以使得气氛稍为热络一些。就像在南美和一个路人谈论阿言德一样，是入境随俗。他平淡地说，奥康纳，可惜死得早。

字面上理解，奥康纳的一生，确实极其短暂。弗兰纳里·奥康纳生于美国乔治亚州，三十九岁时死于家族遗传性的红斑狼疮。长期生活在死亡的阴影下，宗教力量自然成为她的精神支柱。某种意义上说，疾病或许限制了她的写作格局，传记作家布拉德·古奇称她的生活经验"围着房子和鸡窝"。她因此不可能如她的前辈如福克纳，对美国南方呈现出史诗般的勾勒。她对福克纳爱恨交加，多半也出于衷心的欣赏，却难以望其项背。奥康纳曾数次在访谈中援引后者的作品，可见一斑。她接近对方的方式，也表现为将福克纳的某些经典长篇定义为短篇小说集，比如《在弥留之际》，显然也出于其本人对短篇的钟爱。事实上，美国南方的作家对彼此的评价的确极其微妙。奥康纳不喜欢麦卡勒斯，也是出自本能的事实。大约因两者齐名，同为女作家，写作风格相似，并且皆为免疫性的疾病所困扰，寿数简短。麦卡勒斯罹患内风湿多年，在五十一岁撒手人寰。

然而，在奥康纳并不算传奇的生命历程中，有些重要意象，被放大并加以强调。像是一些定格的段落，成就了这位作家。当然，其中一些相关她个人的癖好。如养病期间她在乔治亚州的奶牛农场所饲养的孔雀，她所喜欢的乐队"罗伊叔叔与红溪牧童"（Uncle Roy and His Red Creek Wranglers），她总会不失时机地让他们在小说中露个脸。当然更挥之不去的，是她自身的生命体认。其一是疾病所带来的残缺感。奥康纳笔下的主人公，常常有着这样那样的病症或身体残疾，如《救人就是救自己》中的独臂人与智障少女，《善良的乡下人》中失去一条腿的女博士，甚而《圣灵所宿之处》中的阴阳人。从这些被称为南方哥特式小说的篇章中，你可以看到奥康纳面向世界的不安全感，如此集中与粗暴地展现出来。对这些身体残缺者，她的刻薄有如自戕。与此相关的，是她的作品中死亡意象的叠现。这些死亡多半与暴力相关，甚至于横死。我首次读奥康纳时，震惊之余，曾联想到余华的《现实一种》，那种对死亡冰冷轻慢的毫不宽恕的态度。灭门、突如其来的枪杀、被拖拉机仓促碾过脊椎的尸身，纷至沓来。在出版了长篇《暴力夺取》后，《时代》周刊曾谈及狼疮对奥康纳写作的影响，导致了她本人的愤怒，亦无法否认此间的联系。当然与其经历相关的，还有她对家庭母题的重视。尽管她对于"家"的诠释，多半与温暖无关。比如母女关系，母亲的角色,往往是愚蠢、计算而自以为是的。

以上所谈的种种,都可回到这本叫作《好人难寻》的小说集。奥康纳曾因其暴得大名,甚而带来"南方文学先知"的声誉。对这本小说的评价,往往会聚焦在"邪恶"二字。就其行文而言,这是一种极易走火入魔的写法。冷冽、干脆,极少场景与人物的描写,却有着掷地有声的节奏。她也因此受到过简洁大师卡佛的称赞。虽则这些文字背后,我总是看到一张阴郁冷笑的脸,但仍觉得"邪恶"这个词用得未免武断。或许,这多少体现了对其阅读感受无处安放的退而求其次。T. S艾略特曾对友人谈及奥康纳,除了肯定其"奇异的天赋"外,也抱怨道:"我的神经不够坚强,实在承受不了太多这样的搅扰。"不言而喻,奥康纳钟情于暴露人类的恶行,道德的沦丧与败坏。然而,我更感兴趣的,并非是所谓恶行本身,而是它得以释放的土壤,即是"日常"。《好人难寻》一篇,故事脉络颇为简单。一个生活在乔治亚州的老太太与家人出游,她在内心一直在闹别扭。家人计划去佛罗里达旅游,但是老太太更想去田纳西走亲戚。虽然她表面上妥协,但一路上都在和家人斗智斗勇。事实上,举家出游的温馨感是读者想象中的假象。她的四个家人,儿子与儿媳的冷漠成了她喋喋不休的背景;而孙子与孙女,则以熊孩子的面目出现。与她言语中的针锋相对,却有种令人悚然的成熟感。老太太是个貌似笃信的基督徒，她表面上的虔诚与琐碎构成了这篇小说的主调。与此同时，她是个内心戏很足的人。这些戏在日常的场景下，一点点释放出她内心的"小恶"。当然她自己未意识到，这些会成为蝴蝶效应的毫末，导致举家灭门的惨剧。小说开始不久，就谈及她的虚荣。她在出行前精心地装扮。"她穿一袭印着小白点的深蓝色连衫裙，领口和袖口都绲着带蕾丝的白色蝉翼纱，领口那儿还特意别一枝布做的紫罗兰，里头暗藏一只香囊。万一发生车祸意外，过往行人看见她死在公路上，谁都能一眼认出她是位高贵的夫人。"在路途中，谈及她对种植园的回忆，她可以引经据典，用了"随风而逝"来彰显自己的品位。说起昔日的追求者蒂加登先生，称他"是一位地道的绅士，'可口可乐'汽水一上市，就囤下它不少的股票。"而在这个过程中，她始终在感叹"人心不古"，并以她肤浅的世故，称赞一个陌生人"你是个好人"。因为她想要探访少女时参观过的种植园，出于一瞬的自私而撒了谎，并利用孙子的好奇与顽劣逼迫行程改道；又因为记忆的偏差心虚失措，导致了车祸。在发现自己没有大碍，她立即告诉儿子自己受了内伤以逃避责任。你会发现，她的每一点微小的积恶，都来自于庸常。于无声处听惊雷。如同文中"每隔几分钟就让自己的呼噜声扰醒一次"的细节，有种让读者难堪的感同身受。刘瑜谈及汉娜·阿伦特的专著《艾克曼在耶路撒冷》,涉猎了"恶的平庸"这个话题:"当一个恶行的链条足够漫长,长到处在这个链条每一个环节的人都看不到这个链条的全貌时,这个链条上的每一个人似乎都有理由觉得自己无辜。"事实上,在一个人的行为链条上,我们也在不断麻醉与宽恕着自己,构成了小恶的积以跬步。

车祸后,老太太偶遇命案在逃犯"格格不入"(misfit)。她在一种荏弱而苍白的逻辑加持之下,似乎理直气壮面对这个普遍意义上的"恶人"。在"格格不入"依次枪杀了她的家人后,她仍絮絮叨叨地劝说其祷告,并且声称他"是个好人","要是你祷告的话,耶稣会帮你的。"而格格不入则称"耶稣让这个世界不平衡了",继而杀了她。布拉德·古奇这位曾经攻读中世纪和文艺复兴时期文学的专家觉得奥康纳的小说也有"十三世纪"的特点:"粗俗的幽默,滴水怪兽似的脸孔和身躯,正面交锋,暴力的威胁,还有最重要的一点:在恩典和意义推动的黑暗宇宙中对于灵性追求的一种微妙拉扯。"不难理解,奥康纳的作品也因此受到指控,被某本天主教杂志认定是"对《圣经》的粗暴否定"。奥康纳自我辩护说,小说家"不应该为了迎合抽象的真理而去改变或扭曲现实"。因此她声称,"我的小说的主题就是:上帝的恩惠出现在魔鬼操纵的领地。"而与之相关的天惠时刻(Moment of Grace），在奥康纳笔下体现为"暴力具有一种奇异的功效，它能使我笔下的人物重新面对现实"。

小说之外，我感兴趣的是奥康纳的一桩轶事。2015年6月5日，美国邮政署发行了一枚奥康纳的纪念邮票。票面三盎司。邮票上是奥康纳求学时的照片，身后是四根孔雀翎。奥康纳对孔雀的钟爱一生未变，甚至写过一篇文章《百鸟之王》，讲述她饲养孔雀的经历。冥冥之间，这篇文章可寻见蛛丝马迹，有关她写作观以及宗教观的折射与譬喻。她在文章开头说道，"我的追求，无论它事实上是什么，都到孔雀为止。是本能，而不是知识，把我引向它们。"奥康纳繁殖了一百多只孔雀，但她的行为并未得到邻里周遭的认同。"我发现，许多人天生就不能欣赏孔雀开屏的美景。有一两次，他们问我，孔雀'有什么用'——我没有回答，这是个不值得回答的问题。"其间她也提到与一个卖篱笆桩的人的对话，后者说到因为家庭的厌恶，不得不杀掉了自己养的孔雀，并且存放在冰箱里备食。奥康纳问他味道如何。"也没比任何别的鸡强到哪里去，"他说，"但是我宁可把它们堆着吃，也不愿意听它们叫。"